KB141854

비밀노트

오늘의
청소년
문학
└─ 13

비밀 노트

초판 1쇄 2015년 6월 20일
초판 5쇄 2021년 7월 20일

지은이 김지숙

펴낸이 김한청
기획편집 원경은 차언조 양희우
마케팅 최지애 설채린 권희
디자인 이성아
경영전략 최원준

펴낸곳 도서출판 다른
출판등록 2004년 9월 2일 제2013-000194호
주소 서울시 마포구 동교로27길 3-12 N빌딩 2층
전화 02-3143-6478 **팩스** 02-3143-6479 **이메일** khc15968@hanmail.net
블로그 blog.naver.com/darun_pub **페이스북** /darunpublishers

ISBN 979-11-5633-047-9 44810
        978-89-92711-57-9 (세트)

비밀노트

김지숙 지음

다른

차례

수아

내게 친구가 많았던 건 특별해서가 아니었다.
그냥 만만한 애였기 때문이다.
누구한테나 친절한 아이, 그게 나였다.

1

네가 우리 반에 처음 전학 왔을 때가 생각나.

난 그날의 네 모습을 머리끝부터 발끝까지 기억하고 있어.

네가 하고 있던 귀걸이 모양까지!

그림으로 바로 그릴 수 있을 정도야.

어쨌든 하고 싶은 말은, 너와 비밀노트를 쓰게 되어서

기쁘다는 거야. 운명의 친구를 만난 것 같아.

네가 영원히 내 단짝이었으면 좋겠어.

— 두근두근, 수아가

그 일이 벌어진 것은 2012년 10월 17일이었다.

그날은 중학교 2학년 2학기 중간고사 마지막 날이었고, 열다섯 살 생일이기도 했다. 내 생일은 매번 시험 기간과 겹치곤 했지만, 운이 좋아 생일 전에 시험이 끝나면 홀가분한 마음으로 놀 수도 있었다. 그해에는 운이 좋은 편이었다. 시험이 끝난 뒤에 케이크를 먹으면서 텔레비전을 실컷 볼 생각이었다. 게다가 중학교에서 본 시험 중에 역대 최고 성적을 기록할 것 같았다. 어려워하던 수학을 집중적으로 공부한 덕에 점수가 꽤 잘 나왔다. 문제는 마지막에 보는 사회였다. 제일 자신 없는 과목이었다. 기억력이 그다지 좋지 않아 보고 또 봐도 막상 시험에서는 헷갈릴 때가 많았다.

마지막까지 긴장을 풀지 않기로 했다. 틈만 나면 들여다보던 스마트폰을 며칠 동안 켜지도 않았다. 제대로 자지 못해서 눈은 충혈되고 얼굴에는 여드름이 붉게 올라왔다. 모두 짜내고 싶었지만 그러면 한참을 거울만 들여다보게 될 것 같아 참았다. 아침에는 왠지 불길해서 생일 미역국도 먹지 않았다. 엄마는 딸내미의 가상한 노력을 몰라주고 독한 년이라면서 혀를 끌끌 찼다.

학교에 갔더니 아이들이 여기저기 모여 수군거리고 있었다. 시험을 앞둔 어수선한 분위기였다. 나는 자리에 앉아 손에 요약노트를 들고 외운 것들을 머릿속으로 반복했다. 그런데 어떤 아이가 모두의 시선을 모을 만큼 큰 소리로 말했다.

– 8반 이영주가 자살했대!

나는 요약노트를 내려놓고 말한 아이를 쳐다보았다. 시험 점수 따위에는 관심이 없고 늘 전교에 떠도는 소문들을 실어 나르는 아이라는 것밖에는, 이름조차 떠오르지 않았다.

– 어제 애들 몇 명한테 핸드폰으로 문자를 보냈나 봐. '난 먼 곳으로 떠나. 끝까지 너희를 저주할 거야, 안녕.' 하고.

아이들이 웅성거리기 시작했다.

- 뭐야, 그게 다야?

- 자살한 거 확실해?

- 그렇대. 내가 그 반 친구한테 들었어.

잠시 동안 머릿속이 텅 비어 버렸다. 머릿속에 욱여넣던 것들이 아이들의 말과 섞이기 시작했다. '조선 후기 신분제의 변동 원인은 정치 경제적인 변화, 양반 중심의 동요, 위신 하락…… 그리고 또 뭐더라?'

하필이면 내 앞에서 서너 명의 아이들이 모여서 수다를 떨었다.

- 근데 이영주가 누구야?

한 명이 묻자 다른 아이들이 어떻게 모를 수가 있냐는 듯이 말했다.

- 걔 있잖아. 날라리들 사이에서 왕따였던 애.

- 원래는 걔네하고 놀다가 언제부턴가 왕따당했잖아.

그제야 생각났다는 듯이 질문했던 아이의 목소리가 커졌다.

- 아, 좀 예쁘장한 애?

- 걔가 뭐가 예쁘냐. 그냥 남자나 꼬시고 다니게 생겼지. 그래도 옛날엔 공부도 좀 하고 괜찮았다는데, 중학교 올라와서 망했어. 존나 불쌍하다.

- 왜 그렇게 된 건데?

- 걔가 완전 남자애들한테 들이대고 장난 아니었대. 동대문 쪽에서 어떤 남자랑 동거도 했대.

말소리가 귀에 들러붙는 것 같아 나는 세차게 고개를 흔들었다. 그러거나 말거나 애들의 이야기는 끝날 줄을 몰랐다. 늘 무슨 일인가 일어나길 기다리는 애들에게는 시험이 코앞이라는 것도 중요치 않은 모양이었다.

─ 근데 얼마 전에 자퇴했다고 하던데. 진짜 죽은 거야?

누군가의 질문에 처음으로 소식을 전한 애가 발을 뺐다.

─ 아니 뭐, 장례식장에 간 애는 없지만 문자가 좀 이상하잖아.

─ 그게 뭐야, 그냥 장난치는 거 아니야?

─ 그건 모르지. 걔네 집이 하남인가 그렇대. 그래서 가 본 사람도 없고. 정확한 상황을 모르나 봐.

하남에서 이렇게 어기까지 오나.

─ 걔네 엄마가 완전 극성이라서 서울로 중학교 보낸 거래. 위장으로 주소까지 옮겨서.

─ 미친 거 아냐? 치맛바람 장난 아니다.

─ 어쨌든 찝찝하긴 하겠다, 걔 따돌린 애들.

나는 동요하지 않고 암기에 집중하려고 애썼다. '노비의 신분 상승 방법으로는 군공, 도망, 납속……' 읽고는 있었지만 그저 눈으로 훑을 뿐 이미 아이들의 이야기에 집중하고 있었다.

이영주는 왕따였다. 날라리 그룹에서 한때 같이 어울리다가 어느 순간 왕따가 되었다. 한마디로 신분 하락. 양반에서 노비로 전락한 것이다.

아이들은 이영주가 언제부터 왕따를 당했고, 얼마나 심하게 당했는지 늘어놓기 시작했다. 이어폰으로 귀를 틀어막으면 그만이었지만 듣고 싶은 건 어쩔 수 없었다. 빌어먹을, 아직도 나는 아이들의 이야기에 반응하고 있었다. 사실은 더 듣고 싶어서 몸을 아이들이 이야기하는 방향으로 슬쩍 돌리기까지 했다.

그게 실수였다. 처음 소식을 전했던 아이와 눈이 마주쳤다. 그 아이가 뭔가 생각났다는 듯 나에게 다가왔다. 마음속으로 외쳤다. '날 좀 제발 내버려 둬.' 하지만 그 애는 결국 나에게 말을 걸었다.

– 너, 이영주랑 친하지?

– 아닌데.

냉정하고 담담하게 말하려고 했지만 생각보다 목소리가 크게 나오고 말았다. '친했다'도 아니고 '친하다'라니. 현재형이 거슬렸다.

나는 관심 없다는 걸 보여 주기 위해 다시 요약노트로 눈길을 돌렸다. '공노비의 해방, 순조 때 노비의 신분을 양인으로 상승시킴.' 내 눈은 글씨를 훑을 뿐 머리로 전달하지는 못했다. 날 바라보는 아이들을 의식하느라 몸이 뻣뻣하게 굳었다.

– 무슨 소리야, 너 1학년 때까지만 해도 이영주랑 친했잖아. 같은 초등학교 나왔다면서?

– 별로 안 친했어. 그리고 말 안 섞은 지 오래야.

'제발 날 좀 내버려 둬. 이영주하고는 더는 엮이고 싶지 않으니까.' 나는 속으로 간절히 외쳤다. 최대한 귀찮은 티를 내려고 했지만 아이들은 이미 나를 주목하고 있었다.

상황은 마음대로 흘러가지 않았다. 앞장서서 영주를 왕따시켰던 8반의 혜지라는 애가 나를 찾아온 것이다. 혜지는 전교에서 꽤 잘나가는 날라리였고, 날라리들이 관심을 갖는다는 건 일이 커질 징조였다. 혜지는 내 책상 위에 걸터앉았다. 손톱으로 긁힐 것 같은 두꺼운 화장에 교복 치마는 거의 팬티가 보일 듯 말 듯했다. 어깨를 펴면 단추 두 개쯤은 튀어 나갈 것처럼 블라우스가 작아 보였다. 선생님들도 감탄한다는 솜씨로 그린 아치형 눈썹이 미간과 함께 위로 솟았다.

– 너, 김수아 맞지? 네가 이영주랑 친하다며?

나는 목소리를 쥐어짜며 말했다.

– 별로 안 친해.

– 정말이야?

– 중학교에 온 뒤로는 거의 말도 안 했어.

– 이영주 지금 어디 있는지 알아?

– 몰라.

– 그래? 알았어.

혜지는 의외로 순순히 뒤돌아섰다. 하지만 끝까지 미심쩍은 표정이었다. 혜지의 뒷모습을 보면서 예전에 우연히 본 장면을 떠올렸다. 무릎 꿇고 있는 영주에게 가방을 집어 던지던 혜지의 모습이었다. 다 끝났나 싶었을 때 혜지가 몸을 홱 돌려 나에게 물었다.

– 너 말이야. 이영주랑 비밀노튼가 뭔가 쓰지 않았어?

마치 이제야 생각났다는 듯한 말투였다. 뜨끔했다. 매일 시시콜콜한 일상이나 유치한 비밀들을 주고받으며 놀던 초등학교 때 시작한 거였다. 그걸 혜지가 어떻게 알았는지 어리둥절했다. 나는 대꾸할 타이밍을 놓치고 말았다.

– 시험 잘 봐라.

혜지는 비꼬는 말투로 내뱉고는 그냥 뒤돌아 갔다. '이영주가 죽건 말건.'이라는 비아냥거림이 뒤에 숨어 있는 것 같았다.

초등학교 6학년 때는 붙어 다녔지만 이제 더는 영주와 친한 사이가 아니었다. 중학교 때부터 그 애는 내 인생의 짐만 되어 버렸다. 다시 초등학교 때로 돌아간다면, 이영주 따위와 친구가 되는 일은 없을 것이다. 이렇게 될 줄 알았더라면.

내가 실제로 본 여자 연예인은 딱 세 명인데,

두 명은 우연히 행사 촬영할 때 본 트로트 가수랑 개그맨이고,

세 번째는 '루비'였어. 걸그룹 '루' 멤버 말이야.

우리 집 앞에 드라마 촬영하러 왔더라고.

널 처음 봤을 때, 루비랑 닮았다고 생각했어.

아니 루비보다 네가 훨씬 예뻤어.

먼저 친하게 지내자고 이야기하고 싶은데 용기가 안 나더라.

이건 뭐, 사랑 고백 같은데?

– 두근두근, 수아가

시험은 망쳤다. 그냥 망친 정도가 아니라 폭삭 망했다. 아는 것

도 어이없게 착각해서 제대로 쓰지 못했다. 영주 생각이 날 때마다 잊으려고 머리를 좌우로 흔들었다. 그때마다 전날 외운 것들도 같이 흔들린 모양이었다. 영주 소식은 몇 달 전에 자퇴했다는 이야기를 들은 게 마지막이었다. 다시 떠오른 이름이 목구멍에 실뭉치가 걸린 것처럼 불편했다.

학교 도서실로 향했다. 시험도, 영주 이야기도 모두 잊어버리기에 최적의 장소였다. 불도 켜지 않은 채 책장과 책장 사이에 앉아 무릎을 끌어안았다. 이곳은 학교에서 내가 유일하게 혼자 있을 수 있는 곳이다.

중학교에 오면서 뭔가 달라졌나. 초등학교 때처럼 우르르 몰려다니며 분식을 사 먹거나 쇼핑몰을 돌아다니는 일이 즐겁지 않았다. 오히려 아이들이 나에게 다가오는 게 귀찮기만 했다. 중학생인 나의 생활신조는 '투명인간'이 되는 것이었다. 매일 교실에서 책에 고개를 처박고 있었더니 아이들도 더는 말을 걸어오지 않았다.

학교 도서실은 사람이 별로 없는 복도를 거닐다가 발견했다. 대부분 아이들은 도서실을 잘 이용하지 않지만 가끔 찾아오는 아이들도 압도적인 조용함에 질려서 몇 분 있다가 나가 버렸다.

나는 도서실이 좋았다. 도서부원을 모집 중이라는 걸 알고는 지원해서 도서실 열쇠까지 관리하게 되었다. 도서실은 완벽한 나만의 공간이 되었다. 도서부원의 일이란, 점심시간 도서실에 오는 아이들에게 책을 빌려주고 대출카드에 이름과 도서명을 기록하는 것이었다. 하지만 점심시간에 책을 보러 오는 아이는 거의 없었다. 나는 수업 시간을 제외하고는 거의 도서실에서 나오지 않았다. 밥을 먹고 나면 곧바로 도서실의 마음에 드는 곳에 자리를 잡고 앉아 책을 읽고는 했다.

내가 예전부터 이렇게 고독한 캐릭터였다고 생각하면 오해다. 초등학교 때까지만 해도 늘 친구들과 시끌벅적하게 몰려다녔다. 아이들이 나를 좋아해 주는 게 기뻤다. 왕따를 당하는 아이들은 하루하루가 얼마나 괴로울까 생각하며 옆에 누군가 있다는 사실에 안심하고는 했다.

중학교에 오고 나서 변했다. 아이들과 잘 지내겠다는 목표를 포기했다. 아무와도 친해지고 싶지 않았다. 홀로 투명인간처럼 조용히 살고 싶었다. 친구는 줄었고, 머릿속은 말끔해졌다. 더는 남들이 나를 어떻게 볼지 걱정하지 않았다. 다만 과학 실험할 때 짝을 구하지 못하는 건 좀 걱정이 되었다. 그것도 나처럼 '투명인간파'가 몇 명 있어서 해결되었다.

오랫동안 쓰고 있던 가면을 벗은 느낌이었다. 예전에 엄마랑 주민센터에서 하는 탈춤을 보러 간 적이 있다. 각시탈도 있고, 양반, 선비, 초랭이, 할미탈도 있었다. 연지곤지가 찍혀 있는 각시탈을 쓴 사람은 사뿐사뿐 예쁘게 걷고, 점잖게 생긴 양반탈을 쓴 사람은 거드름을 피우듯 걸었다. 처음에는 공짜 탈춤 공연에 큰 관심은 없었다. 하지만 엄마를 선뜻 따라나선 것은 주민센터에서 나눠 준 팸플릿을 읽은 뒤였다. 탈춤 설명에 '극에서 쓴 탈이 그 인물의 성격을 그대로 반영한다.'는 구절이 있었다. 가면이 자기 자신이 되어 버리는 것이다.

나에게도 가면이 있었다. 절대로 화를 내지 않고 늘 웃고 있는 가면. 혼자 있을 때만 그걸 벗어 버리고 우울한 얼굴을 할 수 있었다. 어느 순간 그 가면이 떨어져 나갔고, 나는 한번 벗겨진 이상 다시는 가면을 쓰지 않기로 했다.

요즘은 같은 초등학교를 나온 아이들과 마주쳐도 나를 알아보지 못했다. 더는 그때의 내가 아닌 것이다. 외모뿐만 아니라 뭔가 중요한 것, 신체 장기로 치면 심장이나 뇌에 해당하는 무언가가 바뀌어 버렸다.

– 생일 축하해!

도서실 문을 호기롭게 열어젖히며 누군가 들어섰다. 나 말고도 한 명 더 있는 도서부원이다. 미란의 넓은 교복 치맛단이 먼저 눈에 들어왔다. 다들 교복 치마를 줄여서 미니스커트처럼 입는 마당에 미란은 고집스럽게 종아리까지 오는 스타일을 고수하고 있었다. 졸업할 때까지 너끈히 입을 수 있을 듯한 길이였다. 이어 고도비만인 몸과 빼곡하게 여드름이 난 얼굴이 보였다.

미란도 나처럼 책을 좋아했다. 늘 자기가 읽는 책에 빠져 있었다. 그것도 청소년 권장도서인《데미안》이나《한국문학 단편선》을 읽는 게 아니라 대체 누가 읽을까 싶은 책만 골라 읽었다. 이를테면 요즘 빠져 있는《마지막 3분》은, 지구의 종말 3분 전을 상상해 놓은 책이다. 운석이 떨어질 가능성이나 외계인의 침략 가능성에 대해서 진지하게 이야기하는 미란을 보면, 도무지 평범한 여중생 같지가 않다.

처음에는 책으로 현실 도피하는 애라고 생각했다. 보잘것없는 외모나 성적에서 도망쳐 책 속에 파묻혀 있는 게 한심해 보여서 적당히 거리를 두려고 했다. 하지만 결국 미란과 친해졌다. 도서실로 숨어들어 왔다는 점에서 나도 다를 게 없었다. 현재로서는 이 아이가 나의 유일한 친구인 셈이다.

미란이 생크림 케이크에 열다섯 개의 초를 켜 놓고 노래를 불러주었다. 생일 선물로 내민 것은 역시 책이었다. 《코스모스》라는 책의 특별판이었는데 표지에는 어딘지 알 수 없는 우주의 사진이 실려 있었다.

- 이거, 나 보라고 주는 거 맞아?

- 완전 재밌겠지? 빨리 보고 나 빌려줘!

역시 그럴 줄 알았다. 미란은 자기가 읽고 싶은 책을 선물로 줬다가 다시 빌려 가곤 했다. 그렇게 빌려줬다가 돌아오지 않는 책도 꽤 있으니, 결국 자기 자신한테 책을 선물한 셈이었다.

- 아 맞다, 8반에 자살했다는 애 이야기 들었어?

케이크를 먹다가 영주 이야기가 나왔다. 소문에 민감하지 않은 미란까지 아는 걸 보면 전교로 퍼진 모양이었다. 미란이 내 눈치를 보면서 말했다.

- 근데 걔, 수아 너랑 옛날에 친했던 애 아니야?

- 제발 그냥 넘어가 주라. 오늘 벌써 몇 번째 이 질문 받았는지 몰라. 오늘이 내 생일인 것도 까먹을 지경이야.

내 부탁에도 아랑곳하지 않고 미란이 물었다.

- 근데 정말 죽은 걸까?

- 모르지. 장례식에 간 애가 있는 것도 아니고.

내 목소리가 심드렁해서 스스로도 놀랐다.

- 8반 담임은 어떻게 된 건지 모르나?

- 애들이 물어봤는데 자퇴한 이후의 일은 자긴 모른다고 했대.

- 너 걔네 집 어딘지 알아?

나는 기억을 더듬었다.

- 가 본 적은 있어. 집이 금은방 바로 뒤인데 그 가게 이름이 '영원쥬얼리'인가 그랬어.

- 가 봐야 하는 거 아니야? 아는 사람이 너 하나밖에 없잖아.

- 나 혼자는 아니야.

한 명이 더 있다. 초등학교 때 친하게 지냈던 미경. 우리는 늘 셋이서 붙어 다녔다. 영주네 집에도 미경과 함께 놀러 갔었다.

- 그럼 같이 가면 되겠네.

미란의 말에 나는 고개를 저었다. 미경과는 얼굴 보기도 힘들 정도로 멀어져 버린 데다 딱 한 번 가 본 영주네 가게 위치도 가물가물해 찾아갈 수 있을지 의문이었다.

- 이영주 말이야, 초등학교 때는 어땠어?

다시 실뭉치가 걸린 것처럼 목구멍이 간질거렸다. 걸레, 공주병 환자, 잘난 척 대마왕, 거짓말쟁이, 학교에서 이영주의 이미지는 그런 거였다. 하지만 초등학교 때부터 이상한 애였던 건 아니다. 그때도 눈에 띄는 아이였지만, 지금과는 느낌이 분명 달랐다.

영주는 6학년 때 우리 반으로 전학 왔다. 한동안 나는 겨우 인사만 했을 뿐 좀처럼 말을 붙이지 못했다.

사실 영주가 처음 교실에 들어와 "안녕하세요, 이영주입니다."라는 짧은 문장을 내뱉고, 마침 비어 있는 내 뒷자리에 앉았을 때부터 신경이 쓰이기 시작했다. 영주는 온종일 거의 말을 하지 않았다. 오가면서 보면 책을 펼쳐 놓고 있었지만 딱히 보는 것 같지도 않았다. 진열대에 놓인 가지고 싶은 인형을 보듯이, 가끔 영주를 훔쳐보았다. 그러다가 눈이 마주치면 뭔가 잘못이라도 한 것처럼 급하게 시선을 돌렸다.

차라리 영주의 뒷자리에 앉고 싶었다. 미용실에서 염색했을 게 분명한 갈색 머리카락, 무용을 한 영향인지 곧고 바른 자세, 방금 카탈로그를 찢고 나온 것 같은 최신 스타일의 원피스, 립글로스를 꺼내서 바르는 우아한 동작, 가끔 지루한 듯 창밖을 바라보는 옆얼굴을 티 안 나게 볼 수 있을 테니까. 나는 미란에게 말했다.

－영주는 특별한 애였어.

'특별함' 그게 바로 영주에게 어울리는 단어였다. 눈에 띄게 예쁜 외모, 혹시 연예인이 아닐까 생각하게 만드는 패션 감각, 또래답지 않은 어른스러운 태도. 그것만으로도 확실히 튀었지만 영주에게는 그것 이상의 특별함이 있었다.

어느 학년에 올라가든지 특별한 아이가 있다. 공부를 잘해서 선생님들에게 사랑받는 아이나 시끄럽고 익살스러워서 웃게 만드는 아이를 말하는 게 아니다. 별다른 말을 하지 않아도, 그저 자리에 앉아 있을 뿐인데도 한 번씩 뒤돌아보게 하는 아이가 있다. 쉽게 친해지지 못해도 집에 가는 길에 "아까 걔 말이야." 하고 이야기를 꺼내게 하는 아이들. 그런 특별함은 노력한다고 가질 수 있는 게 아니다.

- 그게 바로 '아우라'라는 거야. 내가 어느 책에서 봤지.

미란이 아는 척했다. 그러고는 덧붙였다.

- 아예 다른 계급인 거지. 평민은 어디까지나 평민이고, 귀족은 끝까지 귀족이야.

- 너는 영원히 오타쿠고.

미란이 인정한다는 듯이 큭큭, 하고 웃었다.

나에게는 그런 특별함이 없었다. 나의 출신 성분은 평범하기 그지없는 우리 엄마 아빠만 보아도 잘 알 수 있다. 생각해 보면 내게 친구가 많았던 건 특별해서가 아니었다. 그냥 만만한 애였기 때문이다. 누구한테나 친절한 아이, 그게 나였다. 외모로도 특별할 게 없었다. 동그란 얼굴에 아무리 화가 나도 웃고 있는 것처럼 보이는 처진 눈꼬리, 통통한 몸매. 아이들은 통통한 내 볼을 잡고 늘리는 걸 좋아했다. 한마디로 질투할 데라고는 한군데도 없는 외모를 가진 셈이었다.

- 근데 걱정 안 돼? 친했다면서. 죽었을지도 모르잖아.

미란이 의아한 눈빛으로 나를 쳐다봤다.

– 이제 더 이상 친한 것도 아니고, 얼굴 보고 이야기한 지도 오래됐어.

그랬다. 애초부터 영주는 나와 어울리는 아이가 아니었다. 나와 영주가 친구 사이라는 걸 알았을 때의 주변 반응은 대체로 비슷했다. 아이들은 '너처럼 평범한 애가 걔 친구라고?' 의아함이 담긴 표정을 지었다. 처음에는 영주 같은 친구가 있다는 걸 자랑하고 싶기도 했다. 미란의 표현대로 계급을 나누자면 타고난 귀족 가문의 딸과 노력파 평민이 단짝 친구가 된 상황이었기 때문이다. 그 부작용인지 내 인생이 피곤해지곤 했다. 차마 영주에게 직접 말을 못 거는 소심한 남자애들이 밟고 지나가는 다리 역할을 했다. 그들은 편지나 선물을 전해 달라고 부탁하거나 영주의 근황을 물었다. 나는 오랫동안 '상냥병'에 걸려서 정말이지 영주의 매니저처럼 굴었다. 선물은 전해 주고 편지는 내가 가졌다. 밤새면서 썼을 유치하고 어설픈 문장을 비웃어 주고는 쓰레기통에 던져 버렸다. 어차피 영주는 읽지도 않고 버릴 테니까.

중학교에 오면서 영주 옆에 있는 것에 신물이 났다. 자연스럽게 멀어진 뒤에도 소식은 때때로 들려왔다. 같이 놀던 날라리들에게 왕따를 당한다는 거였다. 따돌림을 당하면서 영주는 몰락한 공주처럼 비련의 여주인공이 되었다. 이번에도 존재감은 확실했다. 이제는 자살 소문으로 학교를 들썩이게 하고 있으니 말이다.

문득 혜지가 날 바라보던 묘한 눈빛이 떠올랐다. 좋지 않은 예감이 들었다. 고요한 내 중학교 생활이 흔들릴 것 같은 예감이.

집에 도착해서 전날부터 꺼 놓았던 핸드폰을 켰다. 시험에 집중하려고 게임하고 싶은 것도 참았는데 마지막 사회 시험에서 실수한 문제들이 떠올라 속이 쓰렸다. 핸드폰이 켜지면서 문자 알림음이 연달아 울려 댔다. 초등학교 때 친구들이 보낸 생일 축하 문자가 몇 개, '공부하기 싫다.' '새벽 두 신데 쫄면이랑 떡볶이가 당긴다.' 하는 미란의 시답잖은 문자 몇 개가 와 있었다. 중간에 익숙한 번호가 보였다. 영주의 문자였다. 심장이 쿵 내려앉는 것 같았다. 아이들에게 보냈다는 문자와 달랐다.

그래도 즐거웠어, 비밀노트.

2

비밀노트, 사실 좀 촌스럽기는 해.

몇 년 전에는 엄청 유행했는데 이젠 아무도 그런 거 안 해.

그때는 같이 비밀노트 쓰자는 애들 많았는데,

그냥 하기 싫더라고.

비밀은 아무한테나 털어놓는 게 아니잖아?

하지만 너랑은 꼭 해 보고 싶어.

— 두근두근, 수아가

영주를 따돌렸던 아이들 몇몇이 나를 찾아왔다. 교실이 조용해
졌다. 누구도 감히 수다를 떨지 못했다. '투명인간'으로 살던 내 인
생 최악의 사건이었다.

혜지가 선두에 서서 팔짱을 낀 채 차가운 시선을 보내고 있었다.
나를 향해서 뭔가를 던지는 바람에, 뒤로 물러섰다. 탁 소리를 내며

떨어진 건 노트였다. 자세히 보니 영주와 내가 썼던 비밀노트였다. 펼쳐진 종이 위로 내 글씨가 보였다. 바닥에 떨어진 노트를 주웠지만 혜지가 낚아채 가져가 버렸다.

영주와 저런 걸 쓴 적이 있다. 지금 생각하면 유치하지만 초등학교 때는 하루가 멀다 하고 주고받던 우정의 징표였다. 그런데 왜 그 노트가 저 아이들한테 있는 거지?

- 이거 너랑 쓴 거 맞지? 걔 어딨니?

순간 뭐라고 대답해야 할지 알 수 없었다. 결국 솔직하게 말할 수밖에 없었다.

- 나도 몰라.

- 읽아내. 심 일 준다.

혜지는 노트 모서리로 내 머리를 톡, 치고는 돌아갔다. 지금 내 표정, 고양이 앞의 쥐처럼 완전히 얼어 있을 것이다. 기에 눌려 대답조차 제대로 하지 못했다. 애들한테 위협당하는 것보다 더 싫은 건 모두 나를 주목하고 있다는 사실이었다. '투명인간'이 되려던 계획은 완전히 어긋나고 말았다.

- 야, 너 어떡해.

옆에 앉아 있던 아이가 걱정 반, 호기심 반으로 나를 바라보았다. 나도 정말 어떻게 해야 할지 알 수 없었다.

- 어떻게든 되겠지, 뭐.

나는 안간힘을 써서 애써 아무렇지도 않은 척 말했다. 이럴 때 조바심 나는 걸 티 내 봐야 좋을 것 없었다.

혜지와 같이 있던 아이들 중 몇은 얼굴이 익었다. 걔네들은 기억 못 하겠지만 예전에 그중 몇 명과 노래방에 간 적이 있었다. 중학교 1학년, 영주가 막 저 애들과 어울리기 시작했을 때였다. 학원 가는 길에 더럽고 좁은 골목에서 담배를 피우는 영주를 보았다. 혜지도 있었고, 옆 고등학교 남학생들도 있었다. 아이들은 중간중간 침을 뱉어 가며 담배를 피워 댔다. 영주가 나를 발견하기 전에 방향을 틀려고 했지만 눈이 마주쳐 버렸다. 영주는 내 팔짱을 끼고 과장되게 웃으면서 애들한테 나를 소개했다. 희미하게 술 냄새가 났다.

- 초등학교 때 친구야, 단짝 친구.

- 그래? 오늘 노래방 가는데 같이 갈래?

누군가 대뜸 한 말에 거절할 타이밍을 놓쳤다. 그렇게 영주네 패거리를 따라 노래방에 갔다. 나는 노래 한 곡 부르지 않고 구석에 앉아 탬버린만 소극적으로 치면서 다른 애들이 노는 모습을 지켜봤다. 맥주를 한 모금 마시는 척하다가 캔에 다시 뱉어 버렸다. 씁쓸한 맛과 낯선 냄새가 역겨웠다. 짧고 폭이 좁은 아이들의 교복 치마를 보다가 펑퍼짐한 내 치마가 부끄러워져서, 블라우스를 정리하는 척하면서 슬쩍 한 칸을 접었다. 화장을 두껍게 하고 눈썹과 입술을 짙게 그린 여자아이들 사이에서 잔뜩 기가 눌렸다. 고등학생 오빠들은 변성기가 지나 목소리가 굵고 어깨도 넓었다. 또래 남자애들과는 차원이 달랐다. 다들 그 오빠들이 손을 잡거나 허리에 손을 올려놓는 걸 아무렇지도 않아 했다. 영주도 뭐가 재미있는지 애들하고 이야기하면서 웃고 있었다. 그 방에서 나만 시간이 빨리 지나가길 간절히 바라고 있는 것 같았다. 그냥 학원에 가서 조용히 공부나 하고 싶었다. 하지만 겨우겨우 한 시간이 지났을 때 맘씨 좋은 주인 아저씨가 다시 서비스 시간을 넣어 주었다. 나는 영주의 귀에 대고 속삭였다.

- 영주야, 나 학원 가야 하는데.

술에 취했는지 영주가 상기된 얼굴로 말했다.

- 그래? 그럼 얼른 가. 난 좀 더 있을게.

그 방에서 유일하게 전혀 신나지 않던 나는 가방을 가슴에 안은 채 밖으로 나왔다.

중학교에 올라와 영주가 날라리들과 어울리기 시작했을 때, 비밀노트는 이대로 끝날 거라고 생각했다. 하지만 의외로, 중학교에 올라와서는 영주가 나보다 더 열심히 노트를 썼다. 같이 노는 애들과의 사이에서 있었던 이야기, 사귀거나 사귈 뻔한 남자애들 이야기도 나한테만큼은 다 털어놓았다.

비밀노트가 끝나 버린 건 중학교 2학년에 올라온 뒤였다. 어느 날부턴가 영주한테서 노트가 돌아오지 않았고 그 뒤 영주가 왕따를 당한다는 소문이 돌기 시작했다. 어느 날은 영주네 교실 앞을 지나다가 심상찮은 분위기를 느꼈다. 교실 뒤에서 영주가 무릎을 꿇은 채 아이들에게 둘러싸여 있었다. 아이들이 욕을 하면서 영주의 머리채를 잡고 흔들었다. 나는 조용히 돌아왔다.

영주는 그 아이들과 함께 다니기는 했지만 더는 친구가 아니었다. 애들이 시키는 대로 심부름하고, 일방적으로 욕 세례를 받았다. 장난을 가장한 구타도 당했다.

그리고 영주에 대한 소문이 돌기 시작했다. 아무하고나 자고 다닌다는 둥 어떤 남자애랑 동거한다는 둥 험악한 소문들이었다. 맹장 수술한다고 며칠간 학교를 빠진 적이 있는데 사실은 하남에 있는 정신병원에 수감되었던 거라는 소문도 돌았다. 낙태 수술을 받은 거라는 소문도 있었다. 소문 속 영주는 '8반에 개' 또는 '8반에 하남 산다는 개'라는 식으로 불리다가, '별로 예쁘지도 않으면서 인기 있는 척 깝죽거리는 년', '8반의 걸레'로 점점 바닥으로 떨어졌다.

소문의 대부분은 거짓이라는 걸 알고 있었다. 하지만 나는 도서실로 숨어들었고 더는 영주에 대해서 신경 쓰지 않으려고 했다. 사실은 적당할 때 멀어져서 다행이라고 생각했다. 몇 개월 뒤 영주는 자퇴했고 그 뒤로 나는 마치 모르는 사이였던 것처럼 그 애를 잊어갔다.

영주에게 띄우는 100문 100답!

하남에서 제일 친한 친구는 누구였어?

- 세 명이었어. 다들 어렸을 때부터 친구였어.

좌석버스 탈 때는 보통 뭘 해?

- 음악 들어. 책을 볼 때도 있지만 멀미가 나서 힘들더라고.

전 학교에서 남자친구 있었어?

- 두 번 사귀어 봤어. 근데 귀찮아져서 관뒀어. ㅋㅋㅋㅋ

이상형은?

- 어른스러운 남자. 유치한 애들은 딱 질색이야!

영주의 자살을 둘러싼 소문은 제멋대로 퍼져 갔다. 초등학교 때부터 사귀던 남자애가 있는데 동대문에서 같이 살다가 임신하는 바람에 동반자살한 거라는 소문이 가장 빨리 퍼졌다. 자살한 게 아니라고, 다 헛소문이라고 믿는 애들도 여전히 많았다.

얼굴도 모르던 애들이 나를 찾아와서 영주의 행방을 물었다. 영주 때문에 덩달아 내 인생이 피곤해지고 있었다. 한 가지 위안이 되는 건 죽었다고 소문이 난 이상 더는 영주가 내 인생에 끼어들 일은 없을 거라는 사실이었다. 죽은 사람은 더는 소문을 만들어 낼 수 없으니까.

- 뭐 좀 알아낸 거 있어?

쉬는 시간, 혜지가 옆자리로 와서 내 어깨에 자기 팔을 두르며 물었다.

- 연락이 안 돼.

사실이었다. 전날 밤, 한참을 고민하다가 영주한테 전화를 걸어

보았지만 없는 번호라는 메시지만 흘러나왔다.

－ 연락이 안 되는 건 우리도 알지. 넌 절친이었다면서. 집도 알 거 아냐.

혜지가 내 앞으로 얼굴을 들이밀었다. 집에 가 본 적은 없다고 둘러댔지만, 언제까지 통할지 모르는 노릇이었다.

혜지 패거리가 찾아온 뒤로 종일 학교에 있는 게 지옥 같았다. 쉬는 시간에 또 내 자리로 찾아올까 봐 화장실에 가는 척 나와 괜히 다른 층 복도를 어슬렁거리다 자리로 돌아오곤 했다. 영주랑은 초등학교 때 친했을 뿐인데 왜 이런 수모를 당해야 하는지 알 수 없었다. 초등학교 때는 누구와도 친해질 수 있다. 단지 자리가 붙어 있고 집이 가깝다는 이유만으로도 친해지곤 했다. 하지만 중학교 에 올라오면, 자신의 취향이나 성향에 따라 친구를 고르기 시작한 다. 자기 '급'에 맞는 친구를 고르는 것이다. 나는 더는 영주와 '급' 이 안 맞아서 멀어졌을 뿐이다.

점심시간이 되자마자 도서실로 달려갔다. 오전에 있었던 일을 말하자, 미란이 말했다.

－ 영주네 집에 전화는 해 본 거야? 그쪽으로 먼저 확인해 보면 되잖아.

집에 전화해 보는 방법이 있다! 그 생각을 미처 못 한 게 이상했 다. 영주 엄마의 전화번호도 핸드폰에 저장되어 있었다. 영주가 살 아 있다는 것만 확인하면 나는 이 무거운 숙제에서 해방될 수 있 다. 아줌마한테 어떻게 말을 꺼낼지 고민하면서 버튼을 눌렀다. 하

지만 생각을 정리하기도 전에 '없는 번호'라는 메시지가 흘러나왔
다. 영주네 부모님이 운영하는 가게로도 전화를 걸어 보았다. 역시
없는 번호였다. 미란이 말했다.

- 이사 간 건가?

나는 고개를 저었다.

- 이사를 가는데 핸드폰 번호까지 바꿀 리는 없잖아.

- 걔네 집에 가 보는 것밖에는 방법이 없겠는데?

혜지가 한 말을 생각하면 가만있을 수는 없었다. 나에게 주어진
게 삼 일이니까 주말까지는 답을 알아내야 했다.

미경을 찾아가 보기로 했다. 초등학교 때 영주와 친했던 또 다른
한 명이었다. 이 상황을 혼자 감당할 자신이 없었다. 누군가 필요했
다. 이왕이면 나를 든든하게 지켜 줄 수 있는 누군가였으면 했다.

도서실에서 나와 학교 체육관으로 갔다. 종이 냄새로 가득한 고
요의 세계에서 나온 나는, 땀 냄새와 활기가 가득한 체육관이 어색
했다. 관중석에 앉아 배구부가 연습하는 것을 보았다. 압도적으로
큰 키, 성별을 구별하기 어려울 만큼 짧은 머리카락의 미경이 코트
를 누비고 있었다. 미경은 긴 팔과 다리를 부지런히 움직이며 공을
막거나 쳐 냈다. 미경의 포지션은 센터였다. 공격수에게 공을 토스
해 주는 역할이다. 화려한 공격수가 아닌데도, 공을 받아 낼 때마다
미경을 따라다니는 여자애들이 늘 바락 소리를 질렀다. 그러거나
말거나, 미경은 아무 일도 일어나지 않은 듯 덤덤한 표정으로 자기

자리로 돌아갔다. 바로 저 덤덤한 표정이 내가 기억하는 미경의 유일한 흔적이었다. 옆자리에 앉은 여자애들이 수군거렸다.

– 저 선배 너무 멋있지 않아?

– 응, 완전 멋져.

미경은 팬이 많았다. 배구부원은 대체로 인기가 있었지만, 가장 키가 크고 소년 같은 느낌을 풍기는 미경의 인기는 유별났다. 체육 시간에는 만날 벤치에 앉아서 수다만 떨던 아이들이 미경이 배구 연습하는 걸 보러 체육관을 들락거렸다.

미경과는 초등학교 3학년 때부터 알고 지냈다. 지금은 배구부에 다 학교의 인기인이지만 그때만 해도 수줍음이 많고 조용한 애였다. 그때도 눈에 띌 정도로 팔다리가 길쭉하기는 했다. 별명도 '서기린' 아니면 '키다리'였다. 만약 우리가 같은 건물에 살지 않았더라면 나도 '키 큰 애' 정도로만 기억했을 것이다.

미경과 나는 같은 건물에 꽤 오래 살았다. 우리는 빗물펌프장 관리 일을 하는 아버지를 둔 탓에 하천 옆 관사에서 지내야 했다. 관사에는 미경네와 우리, 두 집만 있고 일 층은 사무실이었다. 미경이 아빠는 우리 아빠를 사무실에서는 계장님, 퇴근하면 형님이라고 불렀다. 여름에는 옥상에 두 집이 모여 삼겹살을 구워 먹기도 했다.

학교에서도 우리는 늘 함께였다. 다른 애들하고 놀다가도 어느 순간 혼자 남았을 때 주변을 둘러보면 미경이 있었다. 미경은 아이들과 친해지기에는 어딘지 서툰 부분이 있었다. 말도 없고 잘 웃지도 않았다. 미경 옆에는 늘 나밖에 없었다. 어릴 때는 늘 나를 졸졸 쫓아다녀서 애들이 미경을 '김수아 부록'이라고 수군거릴 정도였다. 나는 솔직히 그게 좋았다. 늘 곁에서 내 이야기를 들어주는 사람이 있다는 건 좋은 일이었다. 애들이 뭐라고 해도 미경과 내 관계에서 달라지는 일은 없었다.

우리는 언제나 학교에 같이 가고 같이 돌아왔다. 둘이 걸을 때면 나는 신나게 이야기를 하고, 미경은 약간 뒤에서 걸으며 내 이야기를 들어주었다. 너무 조용해서 옆을 보면 미경은 계속 이야기해, 하는 표정으로 나를 보고 있었다. 그때는 유난히 걸음이 느린 애라고 생각했는데, 지금 코트 위에서 뛰어다니는 미경을 보면 도무지 같은 사람 같지가 않았다.

미경은 올해 배구부에 늘어가면서 늦게까지 연습하는 날이 많아졌다. 더는 집에 같이 갈 수 없고, 복도에서 마주쳐도 늘 배구부 아이들하고 있어서 이야기할 기회가 많지 않았다. 가끔은 방과 후에 체육관에 가서 미경이 연습하는 걸 구경하곤 했다. 가끔 눈이 마주치면 손을 흔들어 보였다. 하지만 미경을 찾아가는 횟수도 점차 줄었고, 이제 조금은 멀어지고 낯설어진 미경을 잠시 동안 바라보다가 나올 뿐이었다.

연습이 끝나고 탈의실로 가는 미경에게 다가갔다.

- 미경아!

나를 발견한 미경은 무슨 일인지 알 것 같다는 표정이었다. 미경이 수건으로 땀을 닦아 내자 관중석에 앉은 여자애들이 이유는 알 수 없지만 또 소리를 질러 댔다. 1학년으로 보이는 애들 서너 명이 선배님, 힘내세요! 하면서 리본으로 멋 부려서 포장한 선물 꾸러미를 내밀고는 부끄러운 듯 뛰어가 버렸다.

우리는 체육관 귀퉁이에 서서 이야기를 했다.

- 영주 이야기 들었지?

- 응.

미경의 짧은 답 때문에 그다음 말을 꺼내기가 어려웠다. 나는 용기를 내서 말했다.

- 영주네 집에 한번 가 보려고. 같이 갈래?

차마 혜지 때문이라는 말은 나오지 않았다. 생각해 보면 혜지와 미경, 사라진 영주는 모두 한 반이니까 내 상황을 모를 리가 없었다. 미경이 시선을 자기 발쪽으로 떨구고 고개를 저었다.

- 난 걔가 죽었을 거라고 생각 안 해.

- 나도 그래. 그래도 가 보긴 해야 할 것 같아.

- 너는 아직도 걔를 친구로 생각해?

높낮이 없이 낮게 깔리는 미경의 목소리. 어떤 감정도 실리지 않은 것 같아서 더 움츠러들었다. 내가 대답을 못 하자 미경이 말했다.

- 난 안 가. 김수아, 너 혼자서 가.

미경이 단호한 목소리로 말하고 돌아섰다. 미경의 뒷모습을 보면서, 미경이 성까지 붙여서 내 이름을 부른 것은 처음 만난 이후, 그러니까 오 년 만에 처음이라는 것을 깨달았다. 미경은 서두르지 않고 천천히 걸어서 탈의실로 들어갔다. 마치 그동안 내가 보지 못한 자신의 뒷모습을 한꺼번에 보여 주듯이.

초등학교 때 친하게 지내던 아이들 대부분은 중학생이 되면 조금씩 멀어지기 마련이었다. 서로에게 새로운 친구가 생기는 게 자연스러운 순서였다. 그래도 미경은 변치 않고 늘 곁에 있을 것 같았다. 미경의 등을 바라보며 초등학교 때와 모든 게 달라졌다는 걸 깨달았다. 미경과 나, 영주 모두가 말이다.

3

마음이 복잡했다. 집에 가는 길에 이런저런 생각을 하다가 영주를 처음 보았던 때를 떠올렸다. 그때 영주는 끝단에 레이스가 달린 분홍색 원피스를 입고 있었다. 옆에 앉아 있던 아이가 귓속말로 소곤거렸다.

- 저 원피스, 루비가 일본 콘서트하러 공항 갈 때 입었던 옷 아니야?

선생님이 자기소개를 시키자 영주는 입을 열었다.

- 안녕하세요, 이영주입니다.

작지만 분명한 목소리였다. 영주는 교실 가운데를 가로질러 내 뒷자리로 왔다. 발레리나가 토슈즈를 신고 걷듯이 가볍고 부드러운 발걸음이었다. 내 옆을 지나갈 때 큐빅 귀걸이가 반짝, 하고 빛났다.

영주에게는 텔레비전에 등장하는 연예인 같은 느낌이랄까, 초등학생이라고는 믿겨지지 않는 성숙한 분위기가 있었다. 그렇게 느낀 게 나뿐만은 아니었는지 전학 온 첫날부터 전교에 소문이 퍼졌다.

'2반에 제일 예쁜 애가 전학 왔대.' '걸그룹 멤버 루비랑 닮았대.' '전국 대회에서 상도 엄청 많이 받았대.' '엄마가 미스코리아였대.' '공부를 너무 잘해서 학교에서 서울로 가라 그랬대.' '담배도 피우고 날라리였대.' '혼혈인데 엄마가 프랑스 사람이래.'

나는 뒤에 앉은 영주가 신경 쓰여 견딜 수가 없었다.

그날 나는 집에 가서 서랍 맨 아래 칸의 노트를 꺼내 끄적였다. 어릴 때부터 가지고 싶은 것이나 속 이야기를 적어 놓는 노트였는데, 갖게 된 물건 위에는 줄을 그었다. 아직은 갖지 못한 게 훨씬 많았지만. 영주를 만난 날, 목록은 좀 더 길어졌다.

레이스가 달린 원피스, 긴 생머리, 멋진 영어 발음, 아이돌 닮은 얼굴

영주는 얼굴만 예쁜 게 아니었다. 이전 학교에서 공부를 꽤 잘했다는 소문은 사실인 것 같았다. 영어 원어민 수업에서는 미국에서 살다 왔느냐는 질문을 받았고, 수학은 중학교 2학년 범위까지 이미 배웠다고 했다. 피아노를 잘 쳐서 선생님이 음악 시간에 반주를 맡겼고, 체육 시간에는 줄넘기를 가장 오랫동안 했다. 다리를 180도로 찢을 줄 알았고, 거의 매일 새로운 옷을 입고 와서 여자아이들이 훔쳐보게 만들었다. 이 모든 것을 영주는 아무렇지도 않게 했고 시시하다는 표정을 지었다. 그럴 때마다 나의 '부러움의 목록'은 길어져 갔다.

영주는 아이들과 친해질 생각이 없는 것처럼 보였다. 누가 말을 걸면 마지못해 대꾸하는 정도였다. 평소에는 잘 보지도 않는 것 같은 책을 펼쳐 놓고 있었다. 얼핏 보니까 영어 원서였고 표지에는 피아노를 치는 금발 여자아이가 인쇄되어 있었다.

용기를 낸 몇 명이 점심에 같이 밥을 먹자고 했다. 영주는 고개를 저으며 말했다.

– 미안하지만 나가서 사 먹을 거야. 학교 주변에 샌드위치 파는 가게 있니?

일부 아이들은 영주기 입고 온 옷의 상표가 짝퉁인지 아닌지를 두고 내기를 했다. 영주는 매일같이 옷을 바꿔 입었다. 옷은 단정하고 깨끗하면 그만이라는 우리 엄마랑 사는 이상 나는 영주 옷 반의반도 갖지 못할 터였다. 영주는 허벅지까지 오는 치마나 팔을 들면 배꼽이 살짝 보이는 티셔츠처럼 아이돌이나 입을 법한 옷을 입기도 했다. 나라면 꿈도 못 꾸어 볼 옷들을 영주는 어색하지 않게 소화했다. 저런 옷을 내가 입는다면 어떨까 생각해 보다가 이내 고개를 저었다. 영주와 비교하면 나는 통통하다 못해 뚱뚱한 수준이었다. 저렇게 몸에 딱 붙는 옷을 입으면 웃음거리만 될 것이다. 사람들을 웃기려고 일부러 모델이랑 같은 옷을 입은 개그맨처럼 말이다.

영주 넌 정말 할 줄 아는 게 많은 거 같아.

우리 엄마는 돈 없다고 피아노 학원밖에 안 보내 줬어.

영어는 언니가 쓰던 영어책 몇 개 물려받은 게 땡!

넌 영어도 잘하고 발레, 피아노, 바이올린, 태권도도 배웠다면서?
부러워.

너희 부모님은 너의 잠재력을 그렇게 끌어올려 주는데 우리
엄마는 나의 잠재력은커녕 있는 능력까지 묻어 버릴 판이야.

— 불만투성이 수아가

전학 오고 얼마 뒤에 있던 중간고사에서 영주가 1등을 했다. 나는 근소한 차이로 2등이었다. 선생님은 영주를 일으켜 세워서 반아이들한테 박수를 받게 했다. 나도 웃으면서 박수 치는 시늉을 했지만, 사실은 소리가 나지 않는 빈 박수였다.

며칠 뒤에는 전교 사생 대회에서 영주가 6학년 최우수상 수상자로 뽑혔다. 전해에는 그 상을 내가 받았다. 선생님은 영주가 그림을 너무 잘 그려서 만장일치로 1등으로 선정했다고 했다. 시 대회 대표로도 영주가 나가게 되었다.

아이들은 위로를 한답시고 내 주위에 몰려들어서 나를 더 피곤하게 만들었다. 어떤 아이들은 뒤에 앉은 영주가 들으라는 듯이 일부러 그쪽에 대고 말하기도 했다.

- 얼마나 잘 그렸으면? 누가 그려 준 거 아니야?

피곤한 걸 참고 계속 웃는 모습을 보이려고 안간힘을 썼다. 이런 마음을 아는지 모르는지 애들은 요란스럽게 날 위로했다.

- 수아야, 괜찮아?

- 당연히 괜찮지. 솔직히 좀 그만하고 싶기도 했어.

나는 일부러 높은 목소리로 말했다. 사생 대회에 못 나가는 것쯤이야 괜찮았다. 상을 못 받은 것도 상관없었다. 어릴 때부터 그림 그리는 걸 좋아했지만 그냥 혼자서 도화지에 끄적거리는 정도였다. 영주의 그림은 차원이 달랐다. 구도, 명암, 채색까지 제대로 배운 그림이었다. 그 따라갈 수 없는 차이 때문에 기가 꺾여 버렸다.

아이들 틈에서 빠져나와 화장실에 가서 문을 걸어 잠그는 순간 눈물이 핑 돌았다. 울 정도로 속상하지는 않은데, 하고 스스로도 생각했다. 하지만 눈물이 멈추지 않았다. 눈물이 멈추기를 바라면서 눈두덩이를 꾹 눌렀다. 사람이 없는 틈을 타서 찬물로 얼굴을 씻었다. 그리고 다시 웃는 얼굴로 교실로 들어갔다. 다음 수업의 인사 구령은 평소보다 힘차게 했다.

처음으로 영주가 내게 말을 건 날을 선명하게 기억할 수 있다.

그날, 여느 때처럼 내 주변은 아이들로 북적거리고 있었다.

- 수아야, 이번 숙제 좀 보여 주라!

수학 시간 전에 늘 내 숙제를 빌려 가는 애들이 있었다. 매번 당연한 듯 답을 베껴 가는 게 얄미워서 "너 이 자식, 한 문제당 오백

원이야!" 하고 기분 나쁘지 않을 만큼 장난스럽게 면박을 주고는
했다.

숙제를 마치고 누군가 가져온 과자를 펼쳐 놓은 채 모여 앉아 수
다를 떨기 시작했다. 뒷자리의 영주는 평소처럼 책을 펼쳐 놓고 쳐
다보고 있었다. 아무도 말을 걸거나, 과자를 같이 먹자고는 하지 않
았지만 모두 영주를 신경 쓰고 있었다. 누군가 "아, 살 빼야 하는
데!" 하고 소리를 지르는 걸 시작으로 다이어트에 대한 이야기가
쏟아져 나오기 시작했다.

그중에 유난히 외모에 신경 쓰던 아이가 있었다. 새침하고 톡톡
쏘아붙이기 좋아해서 비위 맞추기가 유난히 어려운 애였다. 그 애
가 뜬금없이 "나 살찐 거 같지 않아?" 하고 물었다. 이럴 때 나는
어떻게 대답해야 할지 알고 있었다.

- 아니, 너 하나도 살 안 쪘거든! 지금 내 앞에서 장난해?

이렇게 말하고는 옷 위로 내 뱃살을 한 움큼 잡아 보였다. 그러
고는 과자 다섯 개를 한꺼번에 입에 넣으며 우악스럽게 먹었다. 내
자학적인 행동이 우월감을 주었는지, 여자애는 만족스러운 표정을
지었다. 어쩐지 그 애의 기분을 더 좋게 해 주고 싶었다. 그래서 그
애가 그날 입고 온 원피스를 칭찬하며 너 정말 예쁘다, 연예인 누
구 닮았어, 라고 입에 발린 칭찬을 했다. 아마 한참 뜨기 시작한 여
자 연예인 이름을 댔을 것이다. 하지만 그 애는 기뻐하기는커녕 순
식간에 돌변해서 싸늘하게 쏘아붙였다.

- 나 걔 싫어하거든. 키 작고 다리도 짧잖아!

나는 마음이 급해져서 서둘러 덧붙였다.

- 키 작은 거 말고 얼굴이 닮았다고. 걔 얼굴은 예쁘잖아!

그제야 그 애는 아, 그런 거야? 하면서 인상을 풀고 돌아섰다. 시작종이 울리면서 아이들이 모두 자리로 흩어졌다. 겨우 안도하면서 자리에 앉아 있는데 누군가의 시선을 느꼈다. 영주였다. 영주가 무심한 목소리로 말했다.

- 왜 그렇게 쩔쩔매니? 네가 잘못한 것도 아닌데.

따지는 말투는 아니었지만 달리 어떻게 대꾸해야 할지 말을 찾지 못했다. 나는 괜히 책을 찾는 시늉만 했다. 이번에야말로 잘못한 것도 없는데 신경이 쓰였다.

영주와 다시 이야기한 건 며칠 지나서 비 오던 날이었다. 금방 지나갈 소나기였지만 우산 없이는 도무지 밖으로 나갈 엄두를 내지 못할 정도로 거셌다. 영주는 현관에서 비가 그치기를 기다리고 있었다. 나는 주번이라서 다른 아이들보다 늦게 끝났고, 어쩐 일인지 늘 함께하던 미경도 그날은 먼저 가고 없었다.

가방을 멘 채 비 내리는 쪽을 향하고 있는 영주의 뒷모습을 바라보았다. 가느다란 팔과 다리, 잡지 광고에서 본 흰색 원피스, 등을 덮은 갈색 머리카락을 그림으로 남겨 놓고 싶었다. 영주에게 다가갔다.

- 우산 같이 쓸래?

- 나 좌석버스 정류장까지 가야 해. 집에 가는 버스 거기서 타

거든.

　- 데려다줄게.

　가는 길에, 나도 모르게 자꾸 우산을 영주 쪽으로 기울였다. 긴 머리카락과 레이스가 달린 원피스가 젖을까 봐 조바심이 났다. 내가 물었다.

　- 넌 왜 다른 애들하고 안 놀아?

　- 그냥 좀 귀찮아서.

　- 저기, 며칠 전에 나한테 한 말 무슨 뜻이었어? 왜 쩔쩔매냐고 했잖아.

　- 그냥 궁금했어. 왜 그렇게 애들 비위를 맞추려고 하는지.

　그런 건 한 번도 생각해 본 적 없었다. 나는 또 말문이 막혔다. 영주가 화제를 돌렸다.

　- 애들 다 너 좋아하는 것 같더라.

　- 별로 그렇지도 않아. 그냥 만만해서 그러는 거지.

　애써 담담한 표정을 지으려고 했다. 인기가 많다고 대놓고 자랑하는 것만큼 멍청한 짓은 없다. 최대한 별거 아니라는 듯이 말해야 했다.

　- 누구에게나 친절하니까 좋아할 수밖에 없겠지.

　칭찬인지 아닌지 애매한 말이었다. 영주는 내 말문을 막히게 하는 재주가 있었다.

　- 그거 알아? 모두를 좋아하는 건 사실 아무도 좋아하지 않는다는 뜻이래.

영주의 말에 얼굴이 뜨거워졌다. 그 말은 뭔가 잘못한 것 같은 기분이 들게 만들었다. 내가 말이 없자 영주는 그냥 서재에 있는 책을 읽다가 본 거야, 하고 덧붙였다.

비는 조금씩 잦아들고 있었다. 영주는 자기 쪽으로 삐뚜름하게 기운 우산을 내 쪽으로 살짝 밀며 물었다.

– 근데 여기 학교 애들은 뭐 하고 놀아?

– 음, 비밀노트를 써.

– 그게 뭔데?

– 교환일기처럼 노트를 주고받는 거야. 서로 비밀을 다 말해 주는 거야. 뭐든지 다.

왜 그 이야기가 나왔는지 모르겠다. 비밀노트는 몇 년 전에 이미 지나간 유행이었다. 고학년이 되어 다들 핸드폰만 들여다보게 되면서 자연스럽게 끝나 버렸다. 이제 비밀노트를 쓰는 건 유행에 뒤처진 어리고 촌스러운 애들뿐이었다.

갸름한 턱 선과 선명한 눈매, 날렵하게 내려오는 콧날의 옆얼굴을 보다가 이 아이의 일상이 궁금해졌다. 나와는 얼마나 다른 일상을 살고 있을까. 나는 내친김에 영주에게 이렇게 말하고 말았다.

– 나랑 해 볼래? 비밀노트.

– 그래.

영주는 의외로 순순히 승낙했다.

– 그럼, 아무것도 숨기지 말아야 해.

– 알았어.

나는 영주의 다짐을 받아 냈다. 그날 밤에는 새벽까지 잠이 오지 않았다. 마치 짝사랑하는 애한테 고백이라도 한 기분이었다. 두근거리는 건지, 초조한 건지 알 수 없었다.

그게 비밀노트의 시작이었다.

4

집에 도착했더니 엄마가 내 앞으로 온 우편물이 있다고 했다. 상자를 열어 보니 영주와 썼던 비밀노트 두 권이 들어 있었다. 영주가 보낸 거나! 노트 외에는 편지 한 장 들어 있지 않았다. 봉투 겉면에 주소는 없고, 하남 우체국 도장이 찍혀 있었다. 엄마가 흘깃 보더니 말했다.

- 하남에서 온 걸 보니까 영주가 보냈구나? 요즘 너희 안 만나니? 초등학교 때는 영주 이야기만 하더니 요즘은 통 말도 없고.

- 몰라.

성의 없는 대답만 남기고 방으로 들어갔다. 가방을 내팽개치고 서랍을 뒤졌다. 초등학교 때 보던 문제집과 일기들 아래에서 비밀노트 두 권을 끄집어냈다. 좁은 공간에 구겨 넣은 탓에 노트들은 모두 한 방향으로 휘어 있었다.

영주와 나는 이 년 정도의 시간 동안 비밀노트 여섯 권을 썼다. 나에게 있는 건 첫 번째와 세 번째 노트였고, 영주가 보내온 건 네 번째와 다섯 번째 노트였다. 표지는 제각각이었다. 첫 번째 노트 표지에는 지금 보면 유치하기 짝이 없는 키티 캐릭터가 그려져 있고 스티커 사진이 잔뜩 붙어 있다. 둘 다 우스꽝스러운 가발을 썼다. 영주는 금발머리, 나는 아프로켄 가발이다. 입이 찢어지게 웃고 있었다. 그때 우리는 좋아하는 것을 모두 노트에 붙여 댔다. 같이 본 영화 티켓, 스티커 사진, 그날 주운 낙엽, 가장 마음에 드는 디자인의 크리스마스실, 캐릭터 스티커 등을 닥치는 대로 붙였다. 덕분에 노트는 원래 두께의 두 배로 불어나 있었다.

첫 번째 노트를 열자 작고 길쭉한 영주의 글씨와 동글동글한 내 글씨가 눈에 들어왔다. 첫 장에는 비밀노트 작성 규칙이 적혀 있었다.

우리의 규칙

1. 진실만을 쓴다.
2. 남에게 보여 주지 않는다. (전달할 때도 직접 만나서 준다.)
3. 마지막 장을 쓴 사람이 비밀노트를 갖는다.

아래에는 각자의 이름을 휘갈겨 서명까지 했다. 그때 사인을 만든다고 우리 집에 모여서 빈 종이를 열 장 넘게 써 가며 고민했다. 진실만을 말할 것. 이건 영주가 정한 규칙이다. 다른 사람에게 보여 주지 말 것. 전달할 때도 꼭 당사자에게 줄 것. 이건 내가 정한 규칙

이다. 노트 첫 장에는 비밀노트를 시작한 날짜와 끝낸 날짜를 적어 놓기로 했다. 우리만의 규칙을 만든다는 것이 즐거워서 이것저것 끊임없이 내놓았다. 그때는 비밀노트가 남의 손에 넘어가는 일이 생길 줄은 상상도 못 했다.

서울에 오면 많이 다를 줄 알았어. 아직은 비슷한 거 같아.

어렸을 때 친구들은 거의 다 시장에서 장사하는 집 애들이었어.

비어 있는 집이 많아서 우리끼리 뭐든지 할 수 있었어.

한 번은 친구 아버지가 놓고 간 담배를 돌아가면서 피워 봤어.

나도 몇 모금 빨아 봤는데 별로 맛은 없었어. 그래도 다른 애들 처럼 기침은 안 했어.

부모님이 호프집 하는 애도 있었는데 공짜로 내주는 과자를 올 려놓고 맥주도 몇 모금씩 마시고 그랬어.

나는 언제나 혼자 사는 걸 꿈꿔.

미국에서는 성인이 되면 다들 나가서 혼자 산대.

열일곱 살에는 면허를 따서 차를 몰 수도 있고.

학교를 졸업하는 열아홉 살이면, 어느 날 갑자기 집에서 철저 하게 사라져 줄 거야.

가끔 혼자 그때 남겨 놓을 편지를 미리 써 봐.

엄마와 아빠는 내 머릿속에 들어 있는 생각들은 상상도 하지 못할 거야.

— 자유를 꿈꾸는 영주가

저번에 내가 연예인 닮았다고 말해 준 애 말이야.

솔직히 그렇게 생각한 적 없어.

왜 진심도 아니면서 그렇게 말했는지 모르겠어.

사람들은 내가 늘 즐거운 애라고 생각하는데

사실 혼자 있을 땐 넘 우울해.

반장 노릇도 때려치우고 싶고, 학교에도 가기 싫어.

근데 막상 학교에만 가면 웃으면서 잘 지내는 내 모습, 좀 이상

하게 느껴지기도 해.

이중인격일까?

— 급우울한 수아가

침대에 앉아 제대로 읽어 내려가기 시작했다. 1권에는 '2010년 5월 30일~2010년 7월 20일'이라고 적혀 있었다. 이 년 전인데도 쓰는 말투나 단어들에 어색하고 유치한 느낌이 있었다. 하지만 읽어 내려가는 동안 적응이 되면서 그때의 기분이나 상황이 조금씩 떠오르기 시작했다.

우리는 비밀노트에 온갖 시시콜콜한 이야기를 털어놓았다. 좋아했던 남자애 이야기나 어릴 때 가장 슬펐던 일, 엄마의 여성 잡지 부록에서 본 야한 기사, 어른들 몰래 담배를 피거나 술을 마신 기억을 닥치는 대로 적었다. 비밀도 공평하게 하나씩 주고받았다. 비밀을 이야기하거나 듣는 건 더할 나위 없이 즐거운 일이었다. 더는 털어놓을 비밀이 없는 게 안타까울 정도였다.

영주에 대한 거라면 뭐든지 궁금했다. 머리는 나처럼 엄마가 집에서 가위로 잘라 주는지 아니면 미용실에 다니는지도 궁금했고, 지금까지 다녀 본 학원이 몇 개인지, 남자애랑 사귀어 본 적이 있는지도 궁금했다.

하남에서 서울까지 혼자 통학을 하는 데다가 선수하고 눈에 띄게 예쁜 영주는 나와 보고 경험하는 세상이 달랐다. 고등학생 오빠가 집 앞까지 와 사귀자고 해서 아빠를 불러 쫓아 버린 적도 있고, 버스 안에서 변태 아저씨가 몸을 더듬어서 도망친 적도 있었다.

친해지고 난 뒤 영주의 모습은 첫인상과는 달랐다. 말도 없고 새침할 것 같았지만, 마치 기다렸다는 듯이 자기 이야기를 거침없이 털어놓았다. 잡지를 보면서 좋아하는 옷에 대해서도 이야기했는데, 영주는 징이 잔뜩 박힌 가죽 재킷을 골랐다.

- 너 보기랑 되게 다르다. 옷 입는 거 보고 엄청 여성스러운 걸 좋아할 줄 알았는데.

내 말에 영주는 블라우스 목덜미에 매달린 방울을 귀찮다는 듯이 등 뒤로 넘기며 말했다.

- 아, 이거 엄마 취향이야. 솔직히 불편해 죽겠어.

영주는 나를 제외하고 다른 애들과는 별로 가까워지지 않았다. 내가 영주와 친해지자 아이들은 의외라는 반응을 보였다.

- 수아 너 영주랑 절친 된 거야?

난 대충 둘러댔다.

- 그냥, 전학 와서 적응하느라 힘들까 봐 그래.

- 넌 너무 착해서 탈이야. 걔랑 다니면 왠지 피곤할 것 같은데. 걔 좀 밉상이잖아.

그러면서도 아이들은 영주에 대해서 궁금해했다. 반 여자애들 일부는 영주를 경계했다. '좀 잘난 척하는 거 같아. 재수 없어 보여.' '그래도 좀 예쁘긴 하지 않아?' '예쁘긴 한데, 옷 너무 튀게 입는 거 같아.' '학교 올 때 화장도 좀 하는 거 같던데.' '그니까, 립글로스 색깔 진짜 진하더라.'

나는 아이들이 하는 말을 듣고만 있었다. 그렇게 말하는 것도 이해가 갔다. 영주는 혼자 있는 게 편하다는 듯 늘 냉랭한 태도를 유지하는 데다 직설적으로 말했다. 매일 나한테 와서 숙제를 보여 달라고 하던 아이에게 "네 숙제는 네가 하지 그러니?" 하고 차갑게 쏘아붙이기도 했다. 속이야 시원했지만 저러다 미움받지 않을까 걱정되었다. 막상 영주는 아이들의 반응엔 그다지 관심이 없는 모양이었다. 그렇게 차가운 애가 나와 비밀노트를 꾸준히 주고받는 게 신기했다. 특별 취급을 받는 기분이었다.

학교에서 영주는 소문의 중심에 있었다. 한 번은 영주가 주니어 속옷 모델로 활동했다고 소문이 났다. 청소년용 브래지어와 팬티만 입은 채 웃고 있는 여자아이의 사진이 '이영주 사진'이라는 제목으로 돌았다. 나도 보았다. 사진 속 모델은 이목구비는 닮았지만 분명히 영주는 아니었다.

예쁘게 태어났다는 것, 인기가 많다는 건 생각보다 피곤한 일인지도 몰랐다. 기분 나쁘지 않느냐고 영주한테 물어보면 "별로 신경안 써. 이제 좀 익숙해서." 하고 잘라 말했다. 영주는 실제로 어린이 모델 제안이 몇 번 들어왔는데 하고 싶은 생각이 없어서 거절했다고 했다. 놀라울 것도 없었다. 친구인데도 가끔 옆에서 걷고 있는 영주의 얼굴을 황홀하게 바라볼 때가 있었다. 우리는 함께 나니고 이야기하고 교환일기까지 썼지만 다른 세상에 사는 것만 같았다. 나는 특별한 아이의 삶을 간접 체험하는 것에 만족해야 했다. 영주와 함께 있으면 혼이 나갈 정도로 즐겁거나 눈물이 날 정도로 우울해졌다. 어느 쪽이든 만나고 난 뒤에는 어질어질할 정도로 기운이 빠져, 지친 채로 침대에 몸을 던져야 했다.

나는 절대 결혼은 안 할 거야. 남자애들은 너무 유치하고 한심해.
유일하게 좋아했던 애는 SJ야. 걔는 다른 남자들이랑은 좀 다른거 같아.
아직 여자친구는 없는 거 같던데. 걔는 누구를 좋아할까?
너 혹시 좋아하는 남자애 있니?

생기면 나한테 꼭 알려 줘야 해.

— 진정한 사랑을 기다리는 수아가

SJ가 누군지 단번에 기억이 났다. 얼굴이 달아올랐다. 기억이 부록처럼 줄줄이 떠올랐다.

SJ는 전교에서 가장 인기가 많던 귀공자 타입의 남자애 이상진의 이니셜이었다. 우리는 뻔한 것도 이니셜로 쓰기를 좋아했다. 그러면 뭔가 더 비밀스러운 느낌이 들기 때문이다.

오랫동안 상진을 좋아한 건 사실이었지만, 감히 사귀고 싶다거나 말을 걸어야겠다고 생각한 건 아니다. 누가 들으면 비웃을까 봐 입 밖으로 낸 적도 없었다. 나처럼 평범한 애를 상진이 좋아할 일은 없으니까. 하지만 비밀노트에 쓰고 나니까 상진을 정말 오랫동안 좋아해 왔다는 걸 깨달았다. 하지만 저 글을 쓰고 얼마 뒤 상진을 좋아한다고 영주에게 고백한 걸 후회했다. 상진이 영주의 사진을 몰래 찍어서 자기 블로그에 올리고 "요즘 내가 좋아하는 애!" 하고 우회적인 고백을 했기 때문이다. 전교가 그 일로 들썩였고, 바로 사진은 삭제됐지만 이미 소문이 쫙 퍼진 뒤였다.

며칠 뒤 상진이 영주에게 정식으로 고백했다. 곧 영주가 고백을 거절했다는 소문이 들렸다. 집에 가는 길, 영주가 나에게 포장지로 싼 작은 상자를 건넸다.

— 이상진이 준 건데 이거 너 가져.

– 이걸 왜 나한테 줘?

– 네가 이상진 좋아한다고 해서. 걔는 내 스타일 아니야.

– 그럼 누가 네 스타일인데?

– 글쎄, 최근호?

최근호라니. 근호는 말이 없고 무뚝뚝해서 나조차 말 한마디 걸어 본 적이 없는 우리 반 남자애였다. 부모님이 이혼해서 동대문에 혼자 산다는 소문이 있었다. 상진이 대신 좋아하는 게 겨우 그 애라니, 의아했다.

그날 집에 갔는데 엄마가 치킨집에서 폐식용유를 얻어다가 빨래 비누를 만들고 있었다. 집에 양잿물 냄새가 진동을 했다. 나는 방에 들어가 선물 포장지를 뜯었다. 공교롭게도 상진의 선물은 비누었다. 레몬 모양의 비누에서 상큼한 향이 났다. 포장지 안에 있던 카드가 툭, 떨어졌다. 상진이 영주에게 쓴 편지였다.

'너를 사랑하는 것 같아. 나랑 사귈래?'

나는 비누를 코에 가져다 대고 레몬 향을 깊이 들이마셨다. 가슴이 싸했다. 이런 일이 영주에게는 앞으로 자주 일어날 거라고 생각하니 질투심에 휩싸였다.

영주는 왜 나한테 이 선물을 줬을까? 내가 좋아할 줄 알았던 건가? 이럴 때 보면 영주는 눈치가 없다. 여자애들의 섬세한 마음 따위는 헤아리지 못한다. 어릴 때부터 떠받들려서 남의 눈치 보는 법 따위는 배우지 못했을지도 몰랐다.

나는 레몬 향 비누를 그대로 버렸다. 편지도 찢어서 버리고 밖으로 나갔다. 고무장갑을 끼고 집에서 만든 못생긴 재생비누를 나르던 엄마가 나를 보았다. 나는 엄마에게 다짜고짜 말해 버렸다.

- 엄마는 왜 날 이렇게밖에 못 낳았어? 나중에 성형이라도 해 줄 거야?

엄마가 눈을 흘겼다.

- 네가 어때서? 눈, 코, 입 제대로 박혔고 건강하면 됐지.

말해 봐야 통할 리가 없었다. 나는 방에 들어가 일기장을 꺼냈다. 그리고 그사이 꽤 길어진 '부러움의 목록'에 덧붙였다.

레이스가 달린 원피스, 긴 생머리, 멋진 영어 발음, 아이돌 닮은 얼굴, 피아노 반주 실력, 흰 피부, 많은 종류의 귀걸이, 고백 편지

거울 앞에 서서 내 얼굴을 뜯어보았다. 평범하디 평범한 내가 있었다. 혐오스럽거나 못생긴 수준은 아니지만, 아무리 좋게 보아도 예쁜 얼굴은 아니었다. 눈길을 끌 만한 구석이 한 곳도 없었다. 동그란 얼굴에 동그란 눈, 동그란 코, 동그란 입. 얼굴에 동그라미가 대체 몇 개인지 모르겠다. 한숨이 나왔다.

이 얼굴을 바꾸는 방법은 성형수술밖에 없다. 엄마한테 틈나는 대로 코 수술 정도만 먼저 받게 해 달라고 말해 봤지만 전혀 들어 줄 기미가 보이지 않았다.

솔직히 나도 방학 때 성형수술을 받아서 괜히 아이들 수다 거리가 될 생각은 없었다. 내 계획은 한 번에 전신 성형을 하는 것이었다. 졸업한 다음에 완전히 다른 모습으로 변신하는 상상을 자주 했다. 대학교에 가서 닥치는 대로 아르바이트를 해서 돈을 모은다. 그리고 집에는 몇 달 여행을 간다고 하고 눈, 코, 입, 얼굴형까지 모두 바꿔 버리는 거다.

십 킬로그램쯤 살을 빼고 옷 입는 스타일도 확 바꾸고 동창회에 나가는 거다. 그럼 아이들이 지금과는 다른 눈으로 보겠지. 그즈음이면 상진도 나의 존재를 알게 될지 모른다. 물론 그때 가서 사귈 마음은 조금도 없지만.

우리의 세 번째 비밀노트 시작!

다시는 노트 잃어버리는 일 없도록 조심하기! 알았지?

— 철통 보안! 수아가

2학기에 쓴 세 번째 비밀노트는 자물쇠가 달려 있어서 더욱 비밀스러운 느낌이었다. 두 번째 노트를 잃어버려서 산 것이었다. 앞의 두 권을 쓰는 동안 보안을 위한 우리의 원칙이 점점 무너졌다. 영주는 분명히 내 책상 서랍 안에 노트를 넣어 놨다고 했지만 감쪽같이 사라져 버렸다. 반 아이들 중 누군가의 손에 넘어갔을 수도 있다. 평범한 디자인이니까 자기 노트로 착각했을지도 몰랐다. 비밀노트 역사상 최대의 위기였다.

잃어버린 노트에 써 놓은 다른 애들 험담을 떠올리며 마음을 졸였다. 그걸 들키면, 더는 나랑 놀려고 하는 애들은 없을 거라고 생각했다. 겉으로 착한 척하면서 다 가식이었다고 나를 역겨워할 것 같았다. 밥맛도 잃고 말수가 줄었다. 가장 두려운 순간은 아침에 교실에 들어갈 때였다. 애들이 날 두고 수군대고 있을 것 같았다. 영주도 걱정은 했지만, 나만큼은 아닌 것 같았다. 오히려 내게 지나치게 걱정하는 거라고 했다.

- 애들이 다 날 싫어하게 될 거야.

- 다는 아니야. 내가 있고 미경이도 있잖아.

- 하지만 나머지 애들은 날 안 믿을 거야. 그건 전부 날 싫어하는 거나 다름없어.

- 겁나? 그것 때문에 애들이 너한테 뭐라고 할까 봐?

- 넌 걱정도 안 돼?

- 차라리 다 알아 버리는 게 나을지도 몰라. 네가 싫어했던 애들은 더는 널 안 괴롭힐 테고. 그럼 우리 둘이 놀면 되겠네.

영주의 천연덕스러운 말에 나는 폭발하고 말았다.

- 너 일부러 아무렇게나 놓은 거 아니야? 다른 애들이 봐도 그만이니까.

- 그럴 리가 있겠어? 분명히 네 책상 서랍 안에 넣어 놨어.

- 노트는 직접 주기로 규칙을 세운 거잖아. 이건 다 네 잘못이야.

그게 우리의 첫 다툼이었다. 나는 비밀노트를 되찾고 애들과 잘 지낼 수만 있다면 뭐든지 할 수 있을 것만 같았다. 비밀노트가 사라진 사건을 벌써 잊은 듯, 평소와 다를 게 없어 보이는 영주가 미웠다. 정말 우리 둘만 남는다면 어떨지 상상해 보았다. 모두에게 버림받고 영주만 내 옆에 있다면, 아니 미경도 남아 줄 테니 두 명만 내 옆에 있다면 어떨까. 쉬는 시간에도 둘을 제외하고는 아무도 나에게 말을 걸어 주지 않을 것이다. 그런 상황은 생각만 해도 끔찍했다.

평소보다 조용한 나한테 애들이 무슨 일이냐고 물었다. 나는 머리가 아프다고, 어제 두통약을 두 개나 먹고 잠들었다고 둘러댔다. 사실이었지만, 차라리 이것보다 더 심한 병에 걸렸으면 좋겠다고 생각했다. 내가 한 짓을 알고도 아이들이 여전히 나를 가엾게 여겨 줄 만한 병, 이를테면 뇌종양 같은 것에 걸리면 좋겠다고 생각했다.

며칠이 지나도 걱정하던 일은 벌어지지 않았다. 결국 우리는 노트가 어딘가로 증발한 것으로 결론지었다. 내 마음도 점차 풀렸다. 팬시점에 가서 자물쇠가 달린 새 비밀노트를 사서 열쇠를 하나씩 나눠 갖기로 했다.

> 우리 담임 완전 짜증 나.
>
> 첫날부터 귀걸이 땜에 걸렸어.
>
> 복장 걸린 애가 나 말고도 몇 명 더 있어.
>
> 머리카락 완전 밝게 탈색한 애도 있더라.
>
> 첫날부터 찍힌 애들끼리 노래방 갔어.
>
> 나 빼고는 같은 초등학교 나왔나 봐.

네 번째 비밀노트가 끝날 때쯤 중학교에 갔다. 초등학교와 십 분 거리에 있는 중학교였다.

운 좋게 영주와 나, 미경까지 같은 학교로 배정받았지만 반은 나뉘었다. 영주와 나는 비밀노트에 중학생이 된 소감을 나누느라 정신이 없었다. 한동안은 각자 반 애들이나 담임 이야기만 했다. 영주네 담임은 소설에 등장하는 B사감 느낌이 나는 엄격한 여자 선생님이었는데 첫날부터 복장 검사를 했다고 했다. 영주는 그날 같이 걸린 애들이랑 친해진 모양이었다.

몇 주 동안 애들의 그룹이 정해졌다. 공부 잘하는 애, 노는 애, 평범한 애, 이상한 애 등 아이들은 서로를 빠르게 분류해 나갔다. 학교에 올라온 지 한 달이 지나지 않아 나와 영주는 노는 그룹이 달라졌다. 나는 조용한 모범생 그룹과, 영주는 잘 놀고 외모에 관심이 많은 날라리 그룹과 어울리기 시작했다.

중학교에 가자 초등학교 때 엇비슷해 보이던 애들의 느낌이 확 달라지기도 했다. 멋을 내고, 욕을 하고, 무리 지어 놀러 다니기 시작했다. 어울리지 않는 화장을 한 애들이 곁을 지나가면 파우더 냄새가 강하게 풍겼다. 나는 그런 변화들이 불편했다. 모두 그대로 아이로 남아 있기를 바랐다. 어쩐지 나만 뒤처지는 느낌이 들기도 했다.

영주는 바로 예쁜 애로 소문이 났다. 다 똑같은 교복을 입으면 예전만큼 튀지는 않을지도 모른다고 내심 생각했다. 하지만 결과는 정반대였다. 같은 옷을 입으니 영주의 잘록한 허리나 길고 가는 팔다리, 적당히 볼록한 가슴이 더 돋보였다.

교복도 같은 교복이 아니었다. 어떻게 줄이고, 어떻게 연출하느냐에 따라서 전혀 다른 옷이 되어 버렸다. 3학년 언니들은 교복 치마를 줄여 미니스커트로 만들고 꽉 끼는 블라우스 위에 스포츠 브랜드의 스웨터를 입었다. 도무지 내가 입은 교복과 같은 옷 같지가 않았다. 엄마는 내 예상대로 삼 년 내내 입어야 한다며 종아리를 반은 가리는 스커트를 사 주었다.

미경도 얼굴이 어른스럽게 변해 갔고, 예전보다 더 말이 없어졌다. 원래부터 말랐지만 갑자기 키까지 크면서 모델처럼 길쭉한 몸매로 바뀌었다. 교복 치마를 입어도 어딘지 중성적인 분위기를 풍겼다. 불과 몇 달 사이의 변화였다. 나는 자꾸만 평범해졌다. 키는 더 크지 않고 볼과 이마에 여드름이 솟았다. 살이 찌기 시작했다. 먹고 돌아서면 금세 배가 고팠다. 집에 가는 길에 어묵과 떡볶이를 외면하지 못했다.

내 세계는 자꾸만 좁아져서 이제 모범생 친구만 몇 명 남았다. 반대로 영주는 모든 아이들의 입에 오르내렸다. 영주가 어울리는 애들은 누가 봐도 전교에서 노는 날라리들이었다. 요란하게 염색한 머리카락, 두꺼운 아이라이너, 서클 렌즈, 짧게 줄인 교복만 보아도 나와는 다른 세계에서 사는 것 같았다. 영주도 외모에 신경은 썼지만 교복을 과하게 줄이는 대신 몸에 딱 맞게 만들어서 날씬한 몸매를 부각시켰다. 화장도 지나치지 않게, 마치 어른들이 하듯이 자연스러운 정도로만 했다. 솔직히 영주는 화장이 필요 없었다. 눈매는 깊고, 속눈썹이 길고 짙었으며, 비비크림을 안 발라도 피부가 하얬다. 입술도 붉어서 체리 빛 립글로스 정도만 썼다. 다른 아이들과 같이 있을 때면 영주만 연예인이고, 나머지는 튀려고 발악하는 들러리일 뿐인 것 같았다.

영주는 새로운 친구들과 잘 지내는 것처럼 보였다. 매일 비밀노트에 애들과 노래방에 갔다거나 누구네 집에 놀러 갔다고 썼다. 가끔 복도에서 그 아이들과 있을 때 마주치면 영주는 반갑게 알은체를 했다. 그럴 때마다 나와는 다른 분위기에 위축되어 겨우 인사만 하고 지나갔다. 영주가 나한테 비밀노트를 주고 가는 걸 보면 아이들은 무슨 사이냐고 물었다.

－ 너 쟤랑 친구야?

－ 응, 왜?

－ 아니, 느낌이 너무 달라서.

심지어 괴롭힘당하는지 의심하는 눈초리도 있었다. 하긴, 누가 봐도 전교에서 제일 예쁜 애와 평범한 범생이는 어울리지 않는 조합이다. 처음에는 그런 아이들이 보라고 일부러 친한 티를 냈다. 그러면 나에게 함부로 못 할 것 같았다.

영주와 있는 게 불편해진 게 정확히 언제쯤이었는지 모르겠다.

중학교에 올라간 뒤 자연스럽게 관계가 변해 갔다. 눈에 띄게 예쁜 아이와 지내다 보면 본의 아니게 굴욕감을 견뎌야 하는 상황이 있다. 그런 일들이 지긋지긋해졌다. 한 번은 학교가 끝나고 분식집에 가는데 횡단보도에서 옆에 서 있던 남자 고등학생 두어 명이 영주를 보고 들릴 정도로 말했다.

- 쟤 루비 닮았다!

- 옆에 애도 닮았네, 코끼리!

'코끼리'는 루비와 같은 그룹 멤버 중 한 명이었다. 가창력은 뛰어나지만 걸그룹답지 않은 생김새에다, 다리가 코끼리처럼 두껍다고 붙은 별명이었다.

- 뭐, 어쨌든 아이돌이네요. 고맙습니다.

나는 한껏 밝게 웃으며 받아쳤다. 고등학생들은 처음에는 당황하더니 와하하 웃음을 터뜨렸다. 쟤 성격 되게 좋다, 성격이라도 좋아야지, 이런 이야기가 들리는 걸 뒤로하고 걸었다. 그게 내 생존 방식이었다. 농담으로 받아치고 아무렇지도 않은 척하는 것. 하지만 그날만큼은 그러고 싶지 않았다. 그즈음 나는 별것 아닌 일에도 쉽게 생채기가 났다. 옆에서 걷는 영주는 내가 당한 수모는 신경도 안 쓰는 듯했다. 늘 떠받들리며 자란 영주는 남의 감정 따위는 신경 써 본 적도 없을 터였다. 그대로 집에 가서 펑펑 울고 싶은 기분이었다.

집에 가서 오랫동안 거울을 봤다. 넓은 모공과 울긋불긋한 피부를 보며 영주와 나를 비교했다. 그럴 때마다 전신 성형을 한 뒤에 영주 앞에 나타나는 상상이 더욱 정교해졌다.

영주와 나는 더는 어울리는 한 쌍이 아니라는 걸 깨달았다. 그걸 깨닫자 영주랑 지내는 게 더는 즐겁지 않았다. 영주한테 문자가 와도 일부러 한참 있다가 답장을 보내며 미안, 배터리가 없어서 꺼놨어, 하고 둘러댔다.

비밀노트를 주고받는 것도 시들해졌다. 언제부턴가 영주가 무슨 이야기를 쓰든지 적당히 대꾸하고 있었다. 비밀노트를 받으면 돌려주는 기간이 길어졌고 매번 지루한 학교, 학원, 도서실 이야기만 번갈아 가며 늘어놓았다. 성의 없는 내 글에는 아랑곳하지 않고 영주는 어느 때보다도 열심히 노트를 썼다. 특히 1학년 때 쓴 다섯 번째 노트에서는 그즈음 친해진 애들 이야기가 주를 이뤘다. 6학년 때 같은 반이었던 최근호의 이야기가 등장한 것도 그즈음이었다. 동대문에서 우연히 다시 만나 근처에 있는 집에까지 드나드는 모양이었다. 학교 소문 속 동거남은 근호일 가능성이 컸다. 어쨌든 확실한 건 그때 나는 영주가 무슨 말을 해도 별 관심이 없었다는 것이다.

2학년 초까지만 해도 우리는 비밀노트를 주고받았다. 2학년 때도 나는 영주와 다른 반이 되었지만, 미경은 영주랑 한 반이 되었다. 하지만 둘은 그다지 친하지 않았고, 영주는 조혜지와 어울리는 시간이 늘었다. 영주는 비밀노트에 혜지에 대한 욕만 늘어놓았지만 결국 시간을 보내는 건 그 애들과 함께였다. 미경을 통해서 영주의 이야기를 전해 듣기도 했다. 미경의 말에 의하면 성적도 많이 떨어진 모양이었다. 그걸 알았을 때 은근히 기분이 좋았다. 내가 영주보다 나은 점 하나는 있어야 한다고 생각했다. 공부는 노력으로 할 수 있는 부분이니까 그것만큼은 이기고 싶었다. 비밀노트에 은근히 성적 자랑을 했다. 유감스럽게도 영주는 성적에는 관심이 없고 자기 이야기만 하느라 바빴다.

두 권의 노트를 다 읽었을 때는 새벽 한 시였다. 비밀노트를 제자리에 놓아두려는데, 아래에 놓여 있는 다른 노트들이 눈에 들어왔다. 표지에 아무것도 써 있지 않은, 아무에게도 보여 주지 않은 나의 진짜 비밀일기장이었다. 일기장은 잊고 싶은 기억처럼 찌그러지고 구겨져 있었다. 목구멍의 실뭉치가 다시 한 번 꿈틀, 나를 불편하게 만들었다. 이대로 잘까 했지만 잠이 올 것 같지 않았다. 나는 영주의 기억을 끄집어낸 김에 먼지 쌓인 일기장들까지 읽기로 했다.

레이스가 달린 원피스, 긴 생머리, 멋진 영어 발음, 아이돌 닮은 얼굴, 피아노 반주 실력, 흰 피부, 많은 종류의 귀걸이, 고백 편지, 형광 별이 있는 천장, 예쁜 엄마

일기장 한 권을 펼치자 길고 긴 '부러움의 목록'이 나왔다. 그리고 곳곳에 써 내려간 글들. 귀퉁이에 영주를 그린 그림도 있었다. 입고 온 옷, 들고 있던 가방을 스토커처럼 자세히 그림으로 기록해

놓았다. 영주가 나를 제치고 중간고사에서 1등한 날, 상진이 쓴 편지를 찢어서 버린 날, 고등학생 오빠들에게 못생겼다고 놀림받은 날도 일기를 썼다.

몇 권의 일기장 중 가장 최근에 쓴 것은 단순한 디자인의 노트였다. 표지 가운데 'Bon Voyage!'라고 씌어 있었다. 여섯 번째 비밀노트와 같은 디자인이었다. 영주와 이 노트를 사러 갔을 때가 떠올랐다. 내가 원플러스원으로 두 개가 같이 포장된 이 노트를 들자 영주가 고개를 끄덕였다.

- 심플하네. 하긴, 이제 중학생이니까 요란한 거는 좀 별로다.

- 여섯 번째랑 일곱 번째까지 이걸로 쓰자.

내 말에 영주가 대답했다.

- 같은 디자인이면 재미없잖아. 하나는 그냥 너 가져.

나는 그걸 내 일기장으로 썼다. 비밀노트와 디자인은 같았지만 줄무늬 색만 미묘하게 달랐다.

이영주, 너 따위 나한테 필요 없어.

넌 항상 사랑받고 살겠지. 그치만 모두가 널 좋아하는 건 아냐.

이영주 자기 자랑 듣는 것 정말 지겹다. 왜 걔는 자기 이야기밖에 할 줄 모를까.

이영주는 다 가졌는데, 나는 왜 걔한테 잘해 줘야 하지?

비밀노트 따위, 그만 쓰고 싶다.

상대방의 감정 따위 무시하는 그 태도, 남한테 하고 싶은 말은
아무거나 다하는 진정한 공주병 환자.

내 덕분에 왕따 안 당한 주제에 고마운 줄도 모르겠지.
공주님이니까.

노트를 열자 줄도 무시한 채 마구 휘갈긴 글씨들이 보였다. 내가
썼다는 걸 믿을 수 없을 정도로 낯설었다. 내가 이렇게까지 영주를
미워했던가? 낯부끄러울 정도로 감정이 고스란히 드러난 글들을
보고 있자니 민망했다. 점점 격해지는 표현들 때문에 노트를 넘기
는 게 두려울 정도였다.

중학교에 와서는 영주와의 비밀노트보다 저 일기장을 펼치고 있
는 날이 많았다. 한 바닥 빼곡하게 '이영주 사라져!'만 쓰기도 했
다. 증오로 가득 찬 안티 팬의 편지 같았다. 속상하고 화가 나는 걸
눌러 참았다가 이 일기장에 쓰고 나면 마음이 좀 진정되고는 했다.
이거야말로 나의 '비밀노트'인 셈이었다.

이 일기장이 영주 손에 들어갈 뻔했던 일이 있었다.

여름방학을 앞둔 때였다. 실수로 비밀노트와 일기장을 혼동했
다. 쉬는 시간에 영주 가방에 일기장을 넣어 놓았다. 수업 시작하고
나서야 비밀노트와 일기장이 바뀐 걸 깨달았다. 등줄기에 식은땀
이 흘렀다.

쉬는 시간이 될 때까지 영주가 일기를 봤으면 어쩌지 하는 걱정으로 초조했다. 수업은 하나도 귀에 들어오지 않았고, 걱정 때문에 온몸이 짓눌리는 기분이었다. 두통이 밀려와서 관자놀이를 꾹 눌렀다. 애초에 같은 디자인의 노트를 일기장으로 쓴 게 잘못이었다고 후회해 봤자 소용이 없었다.

문득 두 번째 비밀노트를 잃어버렸을 때가 생각났다. 그때도 이렇게 걱정했지만 별다른 일은 일어나지 않았다. 그때 영주가 그랬듯이 마음을 느긋하게 먹기로 했다. 쉬는 시간이 되어 갈 즈음에 문득 그런 생각을 해 버렸다.

'그 노트, 영주가 보게 그냥 둘까?'

영주에게 내 적나라한 불만들을 들키는 건 두려웠다. 하지만 일단 들켜 버리고 나면, 더는 영주와 비밀노트를 주고받지 않아도 될지 몰랐다.

가만 생각해 보니 비밀노트를 잃어버렸을 때 영주가 비슷한 이야기를 했다. 차라리 비밀노트를 들키는 게 나을지도 모른다고. 진실은 아프지만 때로는 그냥 드러내는 편이 나을 수도 있다. 어쨌든 그때도 걱정했던 일은 벌어지지 않았다. 쉬는 시간이 되어 영주네 반에 갔을 때 마침 영주는 자리에 없었다. 나는 영주 가방에서 내 일기장을 꺼내 다시 가져왔다. 다음 날 나는 아무 일도 없었다는 듯이 비밀노트를 영주에게 주었다.

혹시 영주가 일기장을 본 게 아닐까. 생각해 보면 의심 가는 일은 있었다. 일기장 사건이 있던 날이었다. 영주가 오랜만에 둘이서 좌석버스 정류장 근처 떡볶이집에 가자고 했다. 초등학교 때부터 단골인 집이었다. 귀찮았지만 내가 한 실수도 마음에 걸려서 학원에 가지 않는 이틀 뒤에 같이 가기로 했다.

같이 나선 그날, 우리는 평소보다 말이 없었다. 요즘 같이 다니는 애들이랑은 어때? 기말고사 준비는 잘하고 있어? 내가 물어도 응, 그냥, 하는 성의 없는 대답만 돌아왔다. 내가 만나자고 한 것도 아니잖아. 속에서 뜨거운 게 치밀어 올랐다. 역시 밉다, 이영주. 네가 정말 싫어. 속으로 되뇌면서 포크로 어묵을 찍었다가 빼기를 반복했다. 결국 입맛이 없어 포크를 내려놓았을 때, 영주가 물었다.

– 너, 나 미워한 적 있어?

뜨끔했다. 독심술이라도 한 건가 싶었다. 노트를 잘못 준 일도 생각났다. 하지만 노트를 봤다고 하기에는 너무 차분한 태도였다. 말문이 막혔다. 평소대로라면 과장된 웃음을 지으면서 펄쩍 뛰는 자세를 취했겠지. 말도 안 돼! 내가 널 얼마나 소중하게 생각하는데. 우린 비밀노트도 쓰는 사이잖아. 하지만 그 순간 진심으로 말하고 싶었다. 사실은 널 싫어한다고. 비밀노트도 그만 쓰고 싶고, 걸어 다닐 때 사람들이 너만 보는 것도 싫고, 나 자신이 벌레처럼 느껴지는 그 기분도 죽을 만큼 싫다고 말이다. 아주 짧은 순간, 두 가지 마음이 격렬히 부딪혔다. 나는 겨우 한마디 내뱉었다.

– 가끔. 가끔은 그럴 때도 있었어.

– 그게 언젠데? 언제 내가 싫었어?

- 그냥 가끔, 넌 네 위주로만 행동해. 상대방 기분은 어떨지 생각 안 하잖아.

- 내가 언제?

- 비밀노트도 그래. 넌 내 말에 하나도 관심 없잖아. 나랑 도서부 같이하는 친구 이름 알아? 전교 석차 이십 등이나 올랐다고 했을 때도 너는 아무 대꾸도 없었어. 왜 나만 네 얘길 들어야 돼?

나도 모르게 따지는 말투가 되었다. 영주는 포크를 내려놓고 나를 빤히 봤다.

- 그럼 섭섭할 때 왜 이야기 안 했어?

- 그걸 어떻게 일일이 가르쳐 주니? 초등학교 때 왜 애들이 너 불편해했는지 모르지? 넌 다른 애들을 모두 들러리로 생각하는 것 같아.

분위기가 어색해졌다. 나는 영주에게 물었다.

- 너는 안 그래? 내가 싫었던 적 없어?

영주는 고개를 저었다.

- 글쎄. 딱히 없었던 것 같아.

그 뒤로는 별 이야기를 나누지 않았다. 분식집을 나와 정류장으로 향하는 곳에서 헤어졌다. 내일 학교에서 보자, 이런 평소와 다름없는 인사를 나눴다. 하지만 집에 돌아오는 길에 우리의 관계가 완전히 달라졌다는 걸 깨달았다.

지금 생각해 보면 그날, 영주는 어딘가 이상했다. 대수롭지 않게 넘겼지만 나한테 한 질문도 심상치 않았다.

그날 이후 비밀노트는 돌아오지 않았다. 얼마 뒤부터 영주가 왕따를 당하기 시작했고, 몇 달이 지난 지금은 혜지의 손에 비밀노트가 들려 있다. 어떻게 된 일인지 이해할 수 없었다. 퍼즐 조각은 있는데 맞춰지지 않는 느낌이었다.

일기장을 덮으며 주말에 영주네 집에 찾아가 보기로 결심했다. 우선 영주를 만나야 할 것 같았다.

5

너희 집 너무 예쁘더라. 엄마도 엄청 미인이시고, 동생도 잘생겼고.

모두 축복받은 유전자 같아. 너의 모든 것이 부러워.

— 저주받은 유전자 수아가

일요일 아침, 하남 가는 좌석버스를 타려고 정류장에 갔다. 예전에도 영주를 데려다주느라 이곳에 자주 왔었다. 영주와 나, 미경 늘셋이 함께였다. 나와 미경은 영주와 헤어지는 게 아쉬워서 정류장까지 함께 갔다가 그것도 성에 안 차면 버스를 몇 대 보내 버리기도 했다.

하남에 간다고 해도 어렸을 때 본 거리가 그대로 남아 있을지, 남아 있다고 해도 알아볼 수 있을지 의문이었다. 다행히 가게 이름은 기억이 났다. 영원쥬얼리. 영주와 동생 원태의 이름을 따서 지은 것이었다.

혼자서 좌석버스를 타고 멀리 가 본 일이 없어서 좀 긴장이 되었다. 미경한테서는 결국 연락이 없었다. 다시 한 번 연락해 보려다가 그만두었다.

비밀노트도 가방에 넣었다. 버스에서 읽어 보려 했지만 멀미가 났다. 결국 눈을 감고 처음 영주네 갔을 때를 떠올렸다.

영주의 열세 살 생일파티 때였다. 학교가 끝나고 영주를 따라 하남으로 가는 버스를 탔다. 복잡한 정류장에서 영주는 언니처럼 능숙하게 앞장을 섰다. 승객들 중에 아이들끼리 차를 탄 건 우리뿐이었다. 어른이 된 기분이었다. 버스는 몇 개의 작은 도시를 지났다. 논과 밭이 보이는 풍경이 한참 보이더니 번화가가 나왔다. 하남이 생각보다 먼 곳이라는 데 놀랐다. 학교 코앞이 집인 데다가 가끔 친구들과 동대문에 놀러 가는 것이 전부인 나는 그것마저도 특별해 보였다. 이 먼 곳을 매일 왕복하다니 영주가 진짜 어른인 것처럼 느껴졌다.

영주네 가게는 넓고 깨끗했다. 유리 안에 전시된 액세서리들은 종일 들여다봐도 질리지 않을 것 같았다. 영주네가 서울로 이사 올 수 없는 이유도 가게 때문이었다. 영주네 할아버지 때부터 삼십 년 넘게 하남에서 금은방을 해 왔다. 바뀐 건 '삼거리금은방'이라는 이름이 '영원쥬얼리'가 된 것밖에 없다고 했다.

영주네 집은 가게 뒤편 붉은 벽돌의 흔한 연립주택이었지만, 집 안은 다른 세계였다. 모든 물건이 궁전에서 나온 것처럼 반짝거렸다. 장식장에는 세계 각국에서 모은 듯한 인형과 접시가 전시되어 있었다. 가구는 낡아서 귀퉁이가 떨어져 나간 우리집 것과는 달리 화려하고 우아한 유럽풍으로 맞춰져 있었다.

  - 어서 와라. 오느라고 고생했지?

  영주네 엄마는 후덥지근한 늦여름인데도 반바지 안에 스타킹을 신고 있었다. 반짝거리는 귀걸이가 눈에 들어왔고 팔찌도 두 개나 하고 있었다. 긴 생머리가 잘 어울렸고 우리 엄마보다 훨씬 어려 보였다. 영주가 엄마라고 소개하지 않았으면 영주의 이모나 큰언니로 착각할 뻔했다. 나는 아줌마인데도 긴 생머리에 아가씨처럼 옷을 입은 것에 놀랐다. 무엇보다 눈에 띈 건 손톱 위에 매끈하게 발라져 있는 붉은색 매니큐어였다.

  영주 엄마는 딸기케이크와 과일, 주스를 내왔다. 자기 앞에는 커피를 한 잔 놓았다. 우리 집에서는 특별한 날에나 먹는 멜론을 배가 터지게 먹었다. 영주가 커피를 마시겠다고 하자 딱 한 잔만 마시라며 허락했다. 나에게 커피는 어른의 음료였다. 엄마가 교회 사람들과 모임을 할 때 뜨거운 물에 커피 크리머와 설탕을 한 숟갈씩 넣어서 마셔 보라며 준 것이 고작이었다. 영주는 익숙하게 자기 몫의 커피에 설탕을 한 숟갈 넣고 저었다.

  - 영주는 학교에서 잘하고 있니?

  나는 멜론을 우적거리며 말했다.

  - 네, 공부도 잘하고 무용, 피아노, 영어 못하는 게 없어요.

  영주 엄마가 웃으며 말했다.

- 어려서부터 가르쳤거든.

미경도 한마디 보탰다.

- 영주는 어른 같아요. 이렇게 먼 길을 혼자서 다닌다는 것도 대단해요.

- 영주는 방학 때마다 비행기도 혼자서 타는걸.

영주 엄마는 지난 방학 때 영주를 이모가 있는 미국 애리조나에 보냈다고 했다. 너희는 영어 공부 어떻게 하니, 라는 물음에 미경과 나는 동네 보습 학원에 다닌다고 대답했다.

아줌마는 영주의 사진첩과 스크랩북을 보여 주었다. 스크랩북 첫 장은 영주의 증명사진이 박힌 신문기사였다.

- 이건 영주가 전국 글짓기 대회 1등을 했을 때 지역신문에 실렸던 거란다.

그런 기사가 족히 열 개는 넘었고, 아줌마가 하나하나 기쁜 듯이 설명해 주었다. 우리는 열심히 영주를 추켜세웠지만 막상 영주는 그만 보라며 스크랩북을 덮어 버렸다.

영주의 남동생이 학원에서 집으로 돌아왔다. 이목구비가 뚜렷하고 약간 마른, 잘생긴 남자아이였다. 뛰어왔는지 흰 얼굴에 땀이 뚝뚝 떨어졌다. 연년생이라는 둘은 만나자마자 별다른 이유도 없이 욕을 한마디씩 주고받더니 인형 같은 가벼운 물건을 서로에게 던져 댔다. 영주는 동생 앞에서는 과격해지는 것 같았다.

남동생한테 병신! 하고 소리를 지른 뒤 방으로 들어가는 영주를 얼떨결에 따라 들어갔다. 영주가 침대에 앉았다. 사방에 기둥이 있고 레이스로 둘러진 침대였다. 그런 걸 '캐노피 침대'라고 부른다는 것도 그날 처음 알았다. 나와 미경은 동화에서나 본 영주의 공주 침대나 불을 끄면 형광 별로 뒤덮여 밤하늘처럼 보인다는 천장의 벽지를 구경했다. 장식장에 놓인 트로피와 벽에 걸린 상장 액자들을 보다가 나도 모르게 발끝으로 걷고 있단 걸 깨달았다. 장식장 위 크고 작은 액자에는 어린 시절의 영주 사진이 있었다. 꽃다발을 들고 친구들에게 둘러싸여 있는 사진도 있었다. 영주에게 물었다.

- 전에 다니던 학교 친구들이야?

- 응.

- 무지 친해 보인다.

- 한때 그랬지.

영주는 손을 뻗어 사진이 보이지 않도록 소리 나게 엎어 놓았다. 나와 미경은 당황해서 영주의 눈치를 봤다. 잠시 뒤, 영주가 물었다.

- 너희는 어떤 상황이 되어도 내 곁에 있을 수 있어?

영주의 눈빛이 진지했다. 미경이 의아하다는 듯이 물었다.

- 어떤 상황? 전학 간다거나 학교에 오랫동안 못 오거나 그런 상황을 말하는 거야?

영주가 고개를 저었다.

- 사진 속의 애들 말이야. 나 걔네들한테 왕따당했어. 그것 때문에 전학 온 건 아니지만.

영주가 왕따를 당했다니 상상하지 못한 일이었다. 영주는 다시 침대로 돌아가 앉았다.

- 사진에서 내 오른쪽에 있는 애는 한때 젤 친했던 애였어. 그런데 걔가 앞장서서 왕따를 시키더라고. 그때는 정말이지, 친구가 딱 한 명만 있어 주면 좋겠더라. 둘도 말고 딱 한 명만. 그러면 왕따가 아니니까.

영주는 한쪽 다리를 꼬고는 말을 이었다.

- 사실 지금도 가끔 그때가 생각나. 왕따 유전자라는 게 있대. 한번 왕따를 당하면 언젠가 다시 왕따가 된다는 거야.

영주의 말에 나는 말도 안 돼! 하고 소리 지르듯 말했다. 미경도 옆에서 고개를 끄덕였다. 영주가 가여웠다.

- 왜 네가 왕따를 당했는지 알 것 같아. 걔네들은 널 질투한 거야. 네가 예쁘고 뭐든지 잘하니까. 왜 루비도 같은 팀 멤버들이 질투해서 따돌림당했다잖아.

- 사실, 나도 알아. 엄마가 특별한 사람은 언제나 시기와 질투를 받는다고 이야기하셨거든.

나도 모르게 하하하, 하고 웃음을 터뜨렸다. 너 진짜, 솔직하다! 나는 감탄했다. 한편으로는 왜 아이들이 영주를 왕따시켰는지도 대충 감이 잡혔다. 나는 영주에게 말했다.

- 사람들이 널 자주 오해할 거야. 생각하는 걸 거르지 않고 내뱉으니까. 나쁜 의도가 아니었더라도 애들은 그걸 기분 나쁘게 생각할 거야. 게다가 너는…….

- 나는 뭐?

- 너는 애들이 편하게 다가가기에는 너무 예뻐.

나는 진심이 전달되도록 영주의 눈을 보며 말했다.

- 저기, 아이들이 널 따돌렸을 때 네 곁에 딱 한 명만 있으면 좋겠다고 했잖아. 내가 그 한 명이 되어 줄게! 우리가 멀어지는 일은 절대 없을 거야. 절대 왕따가 될 일도 없을 거야. 우리가 있으니까.

그때 내가 했던 말이 떠올랐다. 분명한 기억인데도 지금은 내가 그런 말을 했다는 걸 믿을 수가 없었다.

집으로 돌아올 때는 영주 엄마가 정류장까지 차로 데려다주셨다. 영주는 버스가 출발할 때까지 손을 흔들었다.

- 영주 엄마 진짜 예쁘다, 그치?

내가 묻자 미경이 응, 하고 대답했다. 난 미경의 어깨에 머리를 대고 잠들었다. 서울에 다 와서 미경이 나를 흔들어 깨웠다.

그날 집에 도착한 뒤의 일까지 선명하게 기억이 났다. 집에 들어왔을 때 엄마는 목 늘어난 티셔츠를 입고 저녁을 준비하고 있었다. 미용실에 다녀왔는지 유난히 머리카락이 고불거렸다.

- 엄마 또 파마 무조건 세게 해 달라 그랬지? 촌스럽게!

- 이렇게 해도 금방 풀려, 기지배야.

- 몰라. 완전 촌스러워.

- 밥은 먹고 왔냐?

나는 대답도 하지 않고 방으로 들어갔다.

- 밥도 안 먹이고 보내진 않았겠지.

엄마의 혼잣말이 들렸다. 그놈의 밥! 엄마는 집에 들어서면 늘 밥 먹었냐고 물어봤다. 나는 늘 그 질문이 싫었다. 배가 고프면 먼저 이야기할 텐데 늘 저렇게 밥 이야기만 할까 싶었다. 집에 오자마자 너무 평범한 우리 집 모습에 짜증이 나고 말았다. 하지만 가장 짜증 나는 것은 영주에 비해 못난 나 자신이었다. 노트를 꺼내서 부러움의 목록을 추가했다.

레이스가 달린 원피스, 긴 생머리, 멋진 영어 발음, 아이돌 닮은 얼굴, 피아노 반주 실력, 흰 피부, 많은 종류의 귀걸이, 고백 편지, 형광 별이 있는 천장, 예쁜 엄마

버스에서 내리자 막상 어디로 가야 할지 막막했다. 우선 덕풍시장을 찾아서 걸었다. 시장은 기억했던 것처럼 북적거리는 곳이었다. 이 년 전 기억을 되살려 보려고 발길이 닿는 대로 걸었다. 하지만 복잡한 시장에서 방향을 가늠하는 것조차 쉽지 않았다.

가장 먼저 발견한 부동산에 들어가 물어보기로 했다. 아빠가 길을 모를 때는 무조건 부동산에 물어보면 된다고 했던 게 떠올랐기 때문이다. 오래되어 보이는 허름한 부동산으로, 할아버지 한 분이 지키고 있었다.

- 할아버지, 혹시 영원쥬얼리가 어딘지 아세요?

- 어디라고?

- 영원쥬얼리요.

할아버지는 모른다는 말을 하기도 귀찮은지 파리를 쫓듯이 한 손으로 모른다는 표시를 했다. 두 번째로 간 곳은 입구가 깨끗한

부동산이었다. 하지만 이번에도 모른다는 대답이 돌아왔다. 난데없이 가게 이름만 댔으니 당연한 결과였다. 내 또래 애들이 삼삼오오 모여서 햄버거 가게로 들어가는 게 보였다. 문득 배가 고파졌지만, 가게를 찾는 게 우선이라는 생각이 들었다. 세 번째 부동산 아저씨는 각지고 억세 보이는 인상과는 달리 목소리가 부드러웠다. 내 지친 얼굴을 보더니 말했다.

- 정확한 주소는 모르니?

- 네, 몰라요.

- 이봐, 학생. 하남에 금은방이 한두 개가 아니야. 적어도 동쪽인지 서쪽인지 정도는 알아야지.

아저씨는 다른 사람들처럼 난감한 듯 고개를 저었다. 마음이 급해졌다.

- 정말 친한 친군데 몇 달째 연락이 안 돼요. 학교에 죽었다는 소문도 돌고. 제가 꼭 만나야 하거든요.

목소리 끝이 떨려 나왔다. 이렇게 말하고 나니 영주를 만나는 일이 정말 간절한 것처럼 느껴졌다. 죽었다는 소문? 아저씨가 기억을 더듬는 듯했다.

- 저, 전화번호도 있어요. 근데 없는 번호라고 나와요.

아저씨는 전화번호를 달라고 하더니, 다른 부동산에 전화를 걸었다. 마지막 부동산에서 뭔가를 알아낸 듯 길게 통화하고는 약도를 그려 주었다. 걸어서 십오 분 거리라고 했다.

- 그런데 학생, 그 집 이사 가고 지금 비어 있다는데.

- 벌써 이사 갔어요?

- 오랫동안 금은방 하던 집인데 먼 데로 이사 간다고 급하게 팔
아 버렸대.

- 집도 같이 팔았어요?

- 글쎄, 그건 이쪽 부동산에 가서 한번 물어봐.

- 감사합니다.

- 누군지 몰라도 친구를 잘 뒀네. 꼭 만나길 바란다.

나는 몇 번이나 인사를 했다.

나는 부동산 아저씨가 가르쳐 준 대로 부지런히 걸어갔다. 배가
고프기도 했지만, 가게를 찾을 때까지 먹을 게 목구멍으로 넘어갈
것 같지가 않았다. 비슷비슷한 길 사이를 헤매다가 길목에 서 있는
아저씨와 아줌마에게 물었다.

- 근처에 혹시 '영원쥬얼리'라고 있나요?

아저씨가 모자를 고쳐 쓰며 말했다.

- 글쎄, 잘 모르겠는데.

- 예전 이름은 '삼거리금은방'이었대요.

아저씨는 뭔가 떠오른 듯 아, 하는 소리를 냈다.

- 거기 오래된 금은방이었지. 근데 얼마 전에 문 닫은 것 같던데.

- 거기 살던 분들, 어디로 갔는지 아시나요?

- 잘은 몰라. 지방 어디로 갔다고도 하고, 외국 어디로 갔다고도
하고.

- 뒤편 건물에 있던 집도 팔았나요?

- 같이 내놨겠지. 그러고 보니 밤늦게 응급차 오고 그랬다는 게 그 집이었나 모르겠네.

- 무슨 일 있었어요?

- 그 집 딸이 손목을 그은 채로 욕실에 있는 걸 그 아버지가 발견했다나.

옆에 있던 아줌마가 끼어들었다.

- 어휴, 흉측해라. 왜 손목을 긋고 지랄이야? 어린 것이 무슨 대단한 걱정이 있다고.

그 말을 듣는 순간, 처음으로 영주가 정말 죽었을지도 모른다고 생각했다.

- 혹시, 죽었나요?

- 소문으로 들은 거라서 나도 정확히는 몰라. 요즘 외지 사람들이 많이 들어와서 소문이 덜 났어. 그나마 다행이지. 요즘 이쪽에 가게들이 많이 빠지고 근처에 대형 쇼핑몰이 들어왔거든. 예전 같았으면 재수 없다고 소문나서 집도 안 팔렸을 거야.

나는 아저씨와 아줌마가 알려 준 방향으로 빠르게 걸었다. 더 빨리 가고 싶었지만 자꾸만 길을 잃어서 삼십 분쯤 걸려 도착했다.

영원쥬얼리는 갑자기 내 눈앞에 나타났다. 간판이 걸려 있지 않았다면 못 알아보았을 것이다. 간판은 'ㄴ'이 떨어져 '영워쥬얼리'가 되어 있었고, 내부는 이미 모두 철거된 상태였다. 주변을 서성거려 봤지만 모두 다른 가게로 바뀌어 있었다. 거리가 많이 바뀐 건지 그사이 내가 자란 것인지 예전의 모습과 조금도 겹쳐지지 않았다. 고민 끝에 맞은편에 있는 피자 가게에 들어갔다.

각종 피자 그림이 벽에 붙어 있고 테이블이 네 개 있는 아담한 가게였다. 대학생쯤 되어 보이는 남자가 계산대 앞에서 핸드폰을 들여다보고 있었다. 내가 저기요, 하고 부르자 남자가 핸드폰에서 얼굴을 들어 나를 보았다.

– 혹시 요 앞에 영원쥬얼리 하던 분들, 아세요?

남자는 고개를 저었다.

– 난 여기서 알바한 지 얼마 안 돼. 내가 왔을 때는 이미 가게 비운 뒤였어. 그 집 식구들인지는 모르지만 몇 명이 간간이 드나드는 걸 보기는 했지.

– 비운 가게에요?

– 응, 뭐 더 정리할 게 있었는지. 나야 모르지.

– 거기 이렇게 생긴 여자아이 없었나요?

나는 비밀노트 앞에 붙은 영주의 스티커 사진을 보여 주었다.

– 이렇게 머리 긴 여자애는 못 봤고, 얘랑 나이가 비슷해 보이는 남자애를 보긴 했어.

– 남자애요?

– 응, 엄마 아빠랑 장례식에 다녀오는지 검은 옷 입고 들어가더라고.

남자에게 들은 말을 정리해 보려고 애썼다. 남자가 괜찮으냐고 물어 겨우 고개만 끄덕였다.

　- 여기 잠깐만 앉아도 될까요?

　나는 의자를 가리켰고, 남자는 그러라고 했다. 내 머리 속에서
한 가지 생각만 떠올랐다.

　'영주가 죽었을지도 모른다.'

　아직은 믿고 싶지 않았다. 내 눈으로 확인하기 전까지는 거짓말
이라고 생각하고 싶었다. 영원쥬얼리 간판이 보이는 방향으로 고
쳐 앉았다. 피자 주문도 없이 앉아 삼십 분 동안 텅 빈 영원쥬얼리
를 바라보았다. 알바생 남자가 날 이상하게 보는 게 느껴졌다. 언제
까지 여기 있을 수는 없지만, 이대로 갈 수도 없었다. 영주가 나타
날 것 같았다. 하지만 영원쥬얼리에는 아무도 오지 않았다. 관심조
차 주지 않았다.

　사십 분쯤 되었을 때, 알바생 남자가 날 불렀다.

　- 저기, 어떤 사람이 들어가는데?

　남자 말대로 한 여자가 텅 빈 가게 안으로 들어가는 것이 보였
다. 새 주인일까. 나는 여자에게서 시선을 떼지 않았다. 잠시 뒤 여
자가 가게 밖으로 나왔다. 여자는 볼품없이 말랐지만 낮은 굽의 구
두와 초록색 원피스를 입고 꼿꼿이 걸었다. 여자의 실루엣이 어딘
지 낯익었다. 영주의 엄마였다. 가게 밖으로 달려 나갔다. 나는 거
리를 두고 아줌마를 따라갔다. 걷는 모습은 영주 엄마가 분명했지
만 원피스가 헐렁해질 정도로 살이 빠져 있었다. 짧은 시간 안에
사람이 저렇게 변할 수 있다는 게 놀라울 정도였다. 아줌마는 얼마

못 가 한 부동산 안으로 들어갔다. 나는 아줌마를 부르려고 했다. 하지만 문을 열고 들어갈 때 아줌마의 옆얼굴을 보고, 차마 부르지 못했다. 처음 보았던 때 느꼈던 '예쁜 사람'이라는 느낌은 완전히 사라져 버렸다. 마르고 볼품없었다. 나는 깨달았다. 저건 자식을 잃은 엄마의 얼굴이다.

부동산에 따라 들어가서 영주는 어떻게 되었느냐고 물어볼 수도 있었다. 하지만 발이 떨어지지 않았다. 더 이상 예쁘지 않은, 나이가 들어 버린 아줌마가 나를 노려보며 왜 영주를 그렇게 내버려 두었느냐고, 친한 친구였으면서 왜 가만히 있었느냐고 따질 것만 같았다.

얼마쯤 시간이 지나 부동산 문이 열렸다 나는 뒤돌아서서 무조건 달렸다. 한참을 달린 뒤 뒤돌아보았을 때 아줌마는 더 이상 보이지 않았다.

정류장에서 서울로 돌아가는 차를 기다렸다. 비밀노트를 꺼내 노트에 붙은 스티커 사진을 보았다. 가발을 쓰고 웃고 있는 영주가 있었다. 전학 왔을 때 원피스를 입고 지나가던 모습, 비가 오던 날 밖을 보면서 서 있던 모습도 또렷이 기억났다. 하지만 중학교에 올라온 뒤의 영주는 어땠는지 떠올릴 수가 없었다. 마지막으로 본 영주는 어떤 얼굴이었고, 어떤 표정을 짓고 있었는지 기억나지 않았다.

돌아오는 차 안에서 나는 좀 울었다. 옆에 앉은 아줌마가 호기심 반, 걱정 반으로 무슨 일 있느냐고 물어 왔다. 나는 고개를 젓고 마음속으로만 말했다.

'제 친구가 죽었어요, 영주가요.'

너희 집에 갔을 때 네가 물어봤잖아. 어떤 일이 있어도 곁에 있어 줄 거냐고.

영원히 친구할 거냐고.

난 어떤 상황에서도 네 친구로 남아 있을 거야.

네가 아프거나, 범죄자가 되어도!

그러니까 넌 평생 왕따가 될 일은 없을 거야.

— 너의 영원한 친구, 수아가

눈물이 터진 건 학교에서였다.

다음 날, 나는 영주네 반으로 갔다. 왜 그랬는지는 모르겠다. 영주의 자리를 보고 싶었던 것 같다. 아직 영주 자리는 비워 둔 채였다. 들리는 말로는 재수 없다며 아무도 앉지 않는다고 했다. 의자에 앉으면 왕따를 당하게 되거나, 남자 홀리는 귀신에 씐다는 것이다.

정말이지 헛소리들이었다.

나는 영주의 자리에 앉았다. 8반 아이들은 나의 행동을 이상하다는 듯이 바라보았다. 책상에는 영주의 흔적들이 아직 남아 있었다. 칼로 새긴 이름과 네임펜으로 쓴 번호도 눈에 띄었다. 곳곳에 검은 펜으로 무언가를 지우려고 덧칠한 흔적이 있었다. 영주를 따돌리던 아이들이 욕을 썼던 자리라는 것을 금방 알 수 있었다. 그것들을 하나하나 눈에 담았다. 눈물이 터져 나왔다. 혼자서 우는 조용한 울음이 아니라 통곡에 가까웠다. 교실에 내 울음소리만 울리고 있었다. 주변의 아이들은 다가오지 못하고 얼어붙은 듯 서 있었다. 미경이 옆자리로 와서 내 손을 잡았다. 미경의 눈도 붉어졌다. 아이들이 따라 우는 소리가 늘린 선 착각이었을까.

혜지가 나에게 다가와 물었다.

- 이영주, 죽었어?

- 그래! 죽었어. 너 때문에 죽었다고!

나는 소리를 지르면서 벌떡 일어났다. 화를 참지 못하고 책상을 발로 걸어찼다. 소심하고 남의 눈치나 보며 살아온 내가, 그런 행동을 하게 될 줄은 몰랐다. 미경이 나를 거의 안듯이 잡아서 겨우 진정이 되었다. 미경에게 끌려가다시피 해서 우리 반으로 돌아왔다. 그 뒤에도 서러운 기분이 가시지 않아 엎드려서 한참을 울었다.

그 뒤로 영주를 왕따시켰던 아이들은 나를 찾아오지 않았다.

감기몸살을 심하게 앓았다. 다음 모의고사에서 반 석차가 십 등이나 떨어졌다. 도서실에서 보내는 시간이 더 길어졌다. 그것 빼고는 변한 게 없는 것 같았다. 엄마는 무슨 일이 있냐고 꼬치꼬치 묻지 않았다. 늘 그렇듯이 세 끼 밥을 챙겨 주었고, 밥맛이 없어 보이면 죽이라도 만들어서 억지로 먹게 했다.

아이들 사이에서는 영주가 죽은 게 기정사실이 되었다. 그리고 또 한 번 소문이 휩쓸고 지나갔다. 영주의 자살은 임신이 원인이 아니라 조혜지 무리의 왕따 때문이라는 내용이었다. 미경이 말로는 제비뽑기로 자리를 바꿨는데 영주의 자리에 혜지가 앉게 되었다고 했다. 아이들은 그 책상을 혜지가 쓰게 된 건 영주의 복수라고 수군거렸다. 그리고 아이들은 서서히 모든 걸 잊어 갔다. 전학 간 것과 죽은 것은 크게 다르지 않았다. 한 명이 차지하고 있던 자리는 생각보다 쉽게 잊혔다.

도서실은 여전히 숨어 있기 좋은 곳이었다. 나는 자주 책장과 책장 사이에 몸을 웅크리고 앉아 있었다. 차가운 시멘트 바닥을 느끼거나 퀴퀴한 책 냄새를 맡으면서, 때때로 고개를 들어 책등에 적힌 책 제목을 하나씩 훑으면서. 도서실이 있어서 다행이었다.

미란이 선물했던 《코스모스》를 보기 시작했다. 기대보다 재밌었다. 우주의 탄생, 인류의 기원 같은 이야기를 읽다 보면 학교에서 일어나는 일이 조금은 사소하게 느껴졌다. 미란이 와서 내 옆에 앉았다.

– 그 책 어때? 멋있지?

– 뭐, 그런대로. 그냥 그림이 많네.

– 아, 감상평 한번 성의 없게 하네. 그럼 나 다시 주던가.

나는 절대 줄 수 없다는 듯이 책을 가슴 쪽으로 끌어안았다. 미란이 피식 웃더니 말했다.

– 우주 사진을 보고 있으면 마음이 좀 편해지지 않냐? 내가 아주 작은 존재처럼 느껴지니까.

나는 고개를 끄덕였다. 미란의 말대로 지구도 우주의 일부일 뿐이고, 인간은 그 지구에서도 사소하기 짝이 없는 존재였다. 그렇다면 영주 하나쯤 이 우주에서 사라진대도 아무런 영향도 미치지 않을 것이다. 하지만 그건 어쩐지 억울하다는 생각이 들었다.

– 미란아.

– 응?

– 너 초등학교 때 단짝 친구 있었어?

– 있었지. 우리 집에 만날 만화 빌리러 오는 애였어.

– 걔가 엄청 싫거나 질투 난 적 없어?

– 당연히 있지. 걔네 집에 책이 많았거든. 우리 집은 대여점이라서 책이 다 더럽잖아. 근데 걔네 집 가서 깨끗한 책 빌려 달라고 하면 절대 안 빌려 주더라고. 치사하게.

– 걔랑 있을 때 가장 즐거운 건 언제였어?

– 글쎄, 만화책 이야기할 때? 내가 본 거 걔가 안 봤으면 막 아는 척하면서 줄거리 설명해 줄 때 좋았어. 넌 어땠는데?

– 뭐가?

– 이영주랑 언제가 가장 즐거웠는데?

불쑥 영주의 이름이 나왔다. 내가 죽음을 알린 뒤 아무도 내 앞에서 그 이름을 꺼내지 않았다. 막상 미란에게 영주 이름을 듣는 순간, 내가 그 이야기를 하고 싶었다는 걸 깨달았다.

- 그냥 걔를 보고 있을 때가 좋았던 거 같아. 너무 가까이서 말고 조금 거리를 두고 볼 때가 좋았어.

- 그건 친구가 아니라 연예인 대하는 것 같은데.

정말 그랬던 걸지도 모른다. 영주의 진짜 모습 따위는 관심 없고 그저 보고 싶은 모습만 봤다. 마음에 들지 않으면 그대로 버려도 되는 관계라고 생각했던 것이다.

- 아! 그리고 비밀노트.

- 비밀노트?

- 응, 남들은 모르는 영주의 모습을 보는 게 좋았어. 근데 막상 걔가 도움이 필요할 때는 모른 척했어.

나는 고개를 떨구었다. 미란이 분위기를 바꾸려는 듯 내 어깨에 팔을 툭 얹으며 말했다.

- 친구야, 나는 말이야. 너도 어리니까 어쩔 수 없었다고 본다.

- 야, 너 노인네 같아. 그리고 너 팔 되게 무겁거든!

나는 오랜만에 소리 내어 웃었다. 여느 때처럼 아무도 찾아오지 않는 도서실이지만, 눈앞 수백 권의 책들이 내 웃음소리를 듣고 있는 것만 같았다.

놀라우리만큼 변화가 없는 생활이 이어졌다. 똑같이 학교에 다니고, 도서실에 가서 책을 정리했다.

겨울방학 때 혼자서 하남에 한 번 더 다녀왔다. 혹시나 영주의 흔적을 찾을 수 있을까 싶은 마음에서였다. 이번에는 헤매지 않고 찾아갔는데 영원쥬얼리는 흔적도 없이 사라지고 떡볶이집으로 바뀌어 있었다. 사람들이 바글거리는 틈새에서 1인분을 해치웠다. 예전에 영주와 정류장 근처에서 먹던 떡볶이보다는 맛이 없었지만, 그런대로 먹을 만했다.

내가 앉은 자리 앞면에 대형 거울이 붙어 있었다. 떡볶이를 먹다가 문득 거울에 비친 내 모습을 보았다. 내 얼굴에 대해 예전 같은 불만은 느껴지지 않았다. 나는 살아 있다. 튼튼한 이로 떡볶이를 먹을 수 있고, 시력이 좋은 눈으로 거울에 붙은 티끌까지 볼 수 있다. 두 개의 콧구멍으로 숨이 들락날락하는 걸 느껴 보았다. 공기가 정수리까지 올라갔다가 다시 내려와 코로 나가는 것이 느껴졌다. 짧고 굵어서 불만이던 팔다리도 새삼스럽게 흔들어 보았다. 모두 잘 움직이고 있었다. 죽어서 사라진다는 것은 너무 먼 일이어서 일어나지 않을 것처럼 느껴졌다. 영주의 몸은 이제 없었다. 어느 책에서 시체를 매장하면 길면 칠 년에 걸쳐서 썩는다고 했다. 그리고 해골만 남는다. 요즘은 화장을 많이 하니까, 어쩌면 영주는 이미 재가 되어서 어딘가에 뿌려졌을 것이다. 어느 쪽이든 이제 다시는 영주의 얼굴을 볼 수 없다.

서울로 돌아오는 차 안에서 나는 어김없이 챙겨 간 비밀노트에 붙은 스티커 사진 속 영주 얼굴을 보았다. 그 얼굴이 벌써 희미해지는 것만 같았다. 눈을 감고 영주의 모습을 떠올렸다. 눈을 감으니

오히려 영주의 모습이 선명해졌다. 영주는 처음 만났을 때 입었던 옷을 입고, 처음 만났을 때의 가방을 메고 있었다. 처음 만났던 6학년 교실이었다. 영주는 안녕하세요, 이영주입니다, 라고 하고는 마치 발레리나처럼 가벼운 발걸음으로 내 뒷자리를 향해 걸어왔다. 영주의 귀에서 예전처럼 귀걸이가 반짝, 빛났다.

비 오는 날이 찾아왔고, 우리는 다시 예전처럼 비밀노트를 썼다. 서로의 집에 놀러 갔고, 같은 중학교에 갔다. 영주가 나에게 마지막으로 비밀노트를 준 날과 내가 실수로 비밀노트가 아닌 내 일기장을 전달한 날도 지나갔다. 그리고 영주는 떡볶이집에서 자기를 미워한 적이 있느냐고 내게 물어봤다.

상상이지만, 새로운 기회를 얻은 것 같았다. 말을 고르느라 마음이 급해졌다. 다시 한 번 영주가 그렇게 묻는다면 나는 뭐라고 대답할까. 나는 마음속으로 말했다.

'너를 미워했냐고? 사실 널 질투했어. 네가 노력하지 않고도 가진 모든 것들이 얼마나 부러웠는지 몰라. 나는 아이들과 잘 지내려고 매일 애쓰는데 너는 다른 사람들의 시선에서 자유로워 보였으니까. 몇 년이 지난 뒤에 아이들은 졸업 앨범을 보면서 날 기억조차 못 할 거야. 하지만 네 사진을 보면서는 이렇게 말할 거야. "얘 말이야, 우리 학교에서 제일 예쁜 애였어."라고. 그런 네가 미친 듯이 부러웠어. 하지만 영주야, 그게 다는 아니야. 너를 질투하면서도 한편으로는 너를 좋아했어. 사실 나는 두려웠어. 너와 함께 있으면 내가 너무 초라해질까 봐. 너무 작아져서 보이지도 않을 것만 같았어. 그렇다고 해서 너를 생각하지 않은 건 아니야. 늘 생각했어. 오히려 너무 많이 생각해서 괴로울 정도였어. 그러니까 예전처럼 함께 떡볶이도 먹고, 동대문으로 쇼핑도 하러 가자. 근호 이야기도 하고, 지긋지긋한 혜지 흉도 실컷 보자. 네 마음속에 뭐가 있었는지, 뭐가 널 괴롭게 했는지 나에게 다시 한 번만 이야기해 줄래? 나한테 제발 기회를 줘.'

상상 속 영주는 한마디도 하지 않고 나를 바라보기만 했다. 비밀 노트에서는 그렇게 많은 말을 했으면서 상상 속에서는 말이 없었다. 그리고 뒤돌아서더니 걸어가기 시작했다.

영주를 붙잡을 수 없었다. 그 세상은 머릿속에만 있었고, 나는 영화를 보듯 무력하게 지켜볼 뿐이었다.

눈을 떴을 때 버스는 서울로 들어서고 있었다. 톨게이트를 지나며 잠깐 멈춰 섰던 버스는 다시 속도를 내어 달리기 시작했다.

영주

아이들은 멋대로 다가와서는
멋대로 나를 미워하다 사라져 갔다.
초등학교 때 아이들도,
중학교 때 혜지 패거리도,
그리고 수아마저도.

1

나는 죽었다. 지난 주 손목을 그었다. 욕조에 물을 받고 옷을 입은 채 한 시간쯤 누워 있다가 칼을 꺼냈다. 부모님이 몇 년 전 유럽 여행을 다녀오면서 사 온 스위스 칼이다. 한참 전에 방에서 발견하고 숨겨 놓았다. 물이 식어서 한기가 느껴지자, 빨리 끝내야 한다는 걸 깨달았다. 칼에는 각기 다른 모양의 칼날이 여러 개 접혀 있는데, 그중 제일 날카로워 보이는 것을 펼쳤다. 칼을 왼쪽 손목의 한가운데 올려놓고 심호흡을 한 뒤, 깊이 찔러 넣고 있는 힘껏 그었다. 욕조 안이 피로 물들었다. 정신을 잃은 순간은 기억이 나지 않는다.

병원으로 옮길 때만 해도 미약하게 의식이 있었다. 하지만 병원에 도착한 직후 나는 죽고 말았다. 장례식은 지난 월요일이었다. 엄마 아빠는 수척한 얼굴로 손님을 맞았다. 늘 단정하던 엄마의 손톱 매니큐어는 형편없이 벗겨져 있었다. 화장기 없는 얼굴이 십 년은 늙어 보였다. 영정은 초등학교 졸업식 사진이었다. 저 사진을 찍을 때가 생각났다. 사진사 아저씨가 하도 웃으라고 해서 억지로 웃어 보이느라 얼굴이 어설프게 찡그린 채로 나왔다. 저런 사진을 쓰다니 마음에 들지 않았지만 할 수 없었다. 죽은 사람은 말을 할 수 없으니까.

죽고 나니까 편한 점도 있었다. 이를테면 아무도 나에게 말을 걸지 않는다는 점. 대신 사람들이 하는 이야기를 들었다. 조문객은 동네 상인과 친척들이 대부분이었다. 그들은 모두 내가 얼마나 착하고 재능 있고 똑똑한 아이였는지 이야기했다. 학교에는 뒤늦게 소문이 퍼졌다. 그동안 나를 따돌리고 괴롭힌 모든 아이들이 죄책감과 공포를 느끼고 있었다. 슬퍼하는 수아와 미경이, 끝까지 내색하지 않으려고 애쓰지만 말을 잃은 혜지, 우울한 얼굴로 나를 바라보는 근호의 모습을 지켜보고 있던 나는……. 오줌이 마려웠다!

참을 수가 없었다. 상상은 여기까지였다. 수없이 해 온 상상이었다. 몸을 일으켜 화장실로 갔다. 화장실 거울에 내 얼굴이 비쳤다. 남자아이처럼 짧은 머리카락이 아직 낯설었다. 헝클어진 머리카락을 손가락으로 빗어 내리자, 손목에 가늘게 남은 상처가 눈에 들어왔다.

학교에 간 마지막 날, 아이들은 씹던 껌을 내 머리카락에 붙였다. 혜지가 먼저 껌을 뱉자, 옆에 있는 아이들도 키득거리며 따라 했다. 고작 다섯 개의 껌이 붙어 있을 뿐인데, 고개를 가누기 힘들

정도로 머리가 무거웠다. 고개를 떨구고 마룻바닥의 무늬만 바라보았다. 그대로 쓰러져 버릴 것 같았지만 있는 힘을 다해서 버텼다. 그들은 나에게 쌍년이라고 욕했다. 입도 더럽고 몸도 더럽다고 했다. 화도 나지 않았다. 이 상황이 지나가기를 바랄 뿐이었다. 머리에 껌이 덕지덕지 붙은 채로 버스를 타고 집에 돌아왔다. 집에는 아무도 없었다.

화장실에서 머리카락을 잘랐다. 성에 차지 않아서 자르고 또 잘라 냈다. 더는 잘라 낼 머리카락이 없을 때 이 모든 상황을 끝낼 수 있는 방법이 떠올랐다. 나는 머리카락을 자르던 스위스 칼을 든 채욕조로 들어갔다. 머리카락을 자를 때처럼 아프지 않기를 바라면서 칼의 날카로운 면을 손목에 댔다. 단번에 깊숙이 찔러 넣자고 생각했다.

하지만 결국 실패했다. 칼로 손목을 긋긴 했지만 생각보다 칼날이 무뎠고, 손에 힘이 실리지 않았다. 유감스럽게도 동맥은 내 짐작보다 훨씬 깊은 곳에 있는 모양이었다. 게다가 피가 배어나자 겁을 먹고 말았다.

때마침 집에 돌아온 아빠가 나를 발견했다. 피로 물든 욕조를 보고 응급차를 불렀다. 나는 원태가 입원해 있는 병원으로 실려 갔고, 혼잡한 응급실에서 사십 분이나 기다려 상처를 치료받았다. 화장실에 가다가 병원 복도에서 엄마 아빠가 하는 이야기를 엿들었다. 엄마는 한숨을 섞으며 말했다.

– 돈은 얼마나 나왔어요?

- 오십만 원.

- 고작 소독 좀 하고 그 돈을 받아요?

- 자해는…….

아빠가 숨을 한 번 내쉬었다.

- 보험이 안 된대. 게다가 응급실은 원래 비싸니까.

자살 시도가 아니고 자해라니. 엄마 아빠는 내 의도를 전혀 알아차리지 못한 것 같았다. 자해 따위가 아니라, 나는 정말 죽으려던 거였다.

원태의 병실은 아빠가 지키기로 하고, 나는 엄마와 집으로 돌아왔다.

- 왜 그랬어? 누가 괴롭혔니? 머리는 왜 그렇게 된 거야?

엄마가 조심스레 물었지만 나는 고개만 저었다. 말해 봤자 달라질 것도 없지만, 무엇을 말해야 할지 알 수 없었다. 엄마는 수아에게 전화를 하겠다고 했지만 나는 번호가 바뀌었다고 둘러댔다. 답답해진 엄마의 목소리가 커졌다.

- 원태가 저렇게 아픈데, 너까지 이래야 되겠어?

원태 이야기가 나오면 내 입은 더 굳게 닫혔다. 죽음 앞에 서 있는 동생을 생각하면, 내가 겪는 일은 그게 뭐가 되었든 다 사소해지고 말았다. 나도 아프다고 말하고 싶었지만, 그냥 입을 다물고 방으로 들어가 이불을 머리끝까지 뒤집어썼다. 이불 속에서도 엄마의 지친 얼굴이 보이는 것 같았다.

며칠간 집 밖으로 나가지 못했다. 엄마는 부엌에도 들어가지 못하게 했다. 내가 과도라도 잡을까 봐 걱정이 되었던 거다. 학교도 가지 않았다. 학교에는 엄마가 적당히 둘러댔을 것이다. 핸드폰도 켜지 않았다. 가끔 핸드폰을 켜면 애들한테서 욕설만 수십 통씩 와 있었다. 눈에 보이지 않으니 문자로 나를 괴롭히는 게 아이들의 새로운 취미 생활이 된 모양이었다.

내가 일으킨 작은 소동은 그렇게 끝이 났다. 좀 더 깊게 칼날을 밀어 넣었더라면, 아빠가 욕조에 들어와서 나를 말리지 않았더라면 죽을 수 있었을까. 하지만 결국 죽은 건 내가 아니라 원태였다. 내가 바보 같은 자살 소동을 일으키고 일주일 뒤였다. 저승사자는 한 치의 오차도 없이 동생을 데려가 버렸다.

집에서 멀지 않은 한 화장터에서 원태를 하늘나라로 보냈다. 장례식장에 온 고모가 달려와 나를 안으며 통곡을 했다.

– 아이고, 우리 원태가 살아 돌아온 줄 알았네.

장례식장에 온 친척들은 나를 보고 흠칫 놀랐다. 머리카락이 짧은 내 모습이 사진 속 남동생과 너무 닮아 있었기 때문이다. 원태가 죽던 그즈음엔 몸집도 나와 비슷했다. 교복을 입은 소년들이 와서 어색한 몸짓으로 향을 꽂았다. 멍하게 앉아 있는 나에게 고모가 육개장을 내밀었다.

– 너라도 잘 먹고 건강해야지, 엄마 생각해서라도. 손목은 왜 이렇게 가느니. 얼른 먹어라.

나는 손목의 상처를 검은 상복 소매로 가렸다. 그리고 육개장을 떠서 억지로 입안으로 넣었다.

원태를 보내고 난 뒤, 나는 원태의 방에 누워서 시간을 보낼 때가 많았다. 약을 바르고 거즈로 덮어 두었을 뿐인데, 그사이 왼쪽 손목에 난 육 센티미터 정도의 상처는 어설프게 아물기 시작했다. 아직 실지렁이 같은 상처가 남아 있기는 했다. 이 상처가 오랫동안 남아 있기를 바랐다. 하지만 이것도 언젠가는 사라질 테고, 나는 멀쩡하게 살아 있을 것이다. 머리카락이 잘려 나간 것도, 손목에 난 상처도 열네 살 남자아이의 죽음에 비해서는 너무나도 사소했다.

동생의 장례를 치르고 얼마가 지나, 엄마가 말했다.

- 우리는 떠날 거야.

엄마는 사계절의 변화가 거의 없는 미국 서부 도시로 가게 될 거라고 했다. 바다가 가까운 곳이라고 했다. 부모님은 결심을 굳힌 듯했다. 집과 가게를 정리했고, 내가 다니던 학교의 자퇴 수속도 마쳤다. 작별 인사도 없는 퇴장이었다.

부피가 큰 겨울옷과 이불은 대부분 버리거나 기증했다. 엄마는 아끼던 가구도 버리고 전자 제품들도 달라는 사람이 있으면 미련 없이 줘 버렸다. 중고 매매 사이트에 올린 글을 보고 찾아온 낯선 사람들이 살림살이들을 가져갔다. 책은 중고서점에 팔았고 그 외의 것들은 노숙인 센터에 보냈다. 그저 부피를 줄이기 위한 거라고만 생각했는데 엄마는 가게를 정리하면서 폐물까지도 함께 팔아 버렸다. 집을 통째로 버리고 싶어 하는 것 같았다. 그 기세로 나와 아빠까지 버리지는 않을지 걱정이 될 정도였다. 버리면 버릴수록, 엄마는 말라 갔다. 화려한 액세서리는 하나도 걸치지 않았고 화장도 안 한 채 옷도 며칠 동안 같은 걸 입었다. 손톱 매니큐어는 짐을 옮기느라 벗겨져 지저분했다.

엄마가 내 방문을 두드렸다.

- 오후에 핸드폰 다 해지할 거야. 중요한 거 있으면 노트북에 옮겨 놔.

한동안 꺼 두었던 핸드폰을 켰다. 요란한 소리를 내면서 문자들이 왔다. 대부분은 날 따돌렸던 애들이 보낸 욕설이었다. 나는 제대로 읽지 않고 넘겼다. 핸드폰을 켠 이유는 딱 하나, 혹시 내 자퇴 소식을 듣고 수아가 문자를 보냈을지도 모른다는 생각에서였다. 하지만 수아의 문자는 한 통도 없었다. 그대로 핸드폰을 해지할 수도 있었지만, 막상 끝이라고 생각하니까 나를 따돌린 아이들한테 장난을 좀 치고 싶었다. 화려한 저주의 말들을 떠올렸다. 너희가 고통스럽게 죽어 버리길 기도하겠다든지, 너희도 나처럼 온몸이 찢어질 것 같은 고통을 느끼게 될 거라든지 말이다. 하지만 결국 고른 문장은 생각한 것보다는 단순했다.

난 먼 곳으로 떠나. 끝까지 너희를 저주할 거야, 안녕.

조금 더 자극적으로 보내야 했나 생각했지만 그래도 이 정도면

됐다 싶었다.

며칠 뒤면 다른 말을 쓰고 다르게 생긴 사람들이 사는 곳으로 갈 것이다. 잠이 올 것 같지 않았다. 앞으로 어떤 인생을 살게 될지 아무것도 상상할 수 없었다.

아직 짐이 남은 방을 정리하면서 시간을 보내기로 했다. 나는 짐을 A, B, C로 나누었다. A는 가방에 넣어 갈 것들로 가족사진 몇 장과 미국 가이드북이었다. C는 고민 없이 버릴 것들로 방을 장식하고 있던 사진 액자, 엄마 취향의 옷과 액세서리들이었다. 문제는 B였다. 떠나기 전에 버릴 계획이지만 아직 버리지 못한 것들이었다. B에 해당하는 짐을 모아 둔 봉투를 열었다. 먼저 파란 스크랩북을 꺼냈다. 내가 어려서부터 탄 상장이나 내가 신문에 나온 기사 따위를 모아 둔 것이었다. 이걸 미국까지 가져가고 싶지는 않았다.

첫 장을 열었다. 지역 신문에 실린 작은 기사가 보였다. 사 년이나 지났지만 얼마나 조심스럽게 붙였는지 구김도 없고 색도 변하지 않았다. 기사 제목은 '글로 평화를 기원해요'였다. 아래 작은 글씨로 '전국 어린이 보훈 글짓기 대회에서 장원 수상한 가예초 4 이영주 양/ 어려서부터 읽은 책으로 상상력 키워'라고 되어 있었다. 그때 서울 종로에 있는 높은 빌딩에 가서 상을 받았다. 양복을 입은 나이가 지긋한 중년 아저씨가 상을 건네주고는 어른에게 하듯이 정중하게 악수를 청했다. 우리 가족은 화려한 뷔페 식당으로 안내되어 식사까지 대접받았다. 오렌지색 정장을 입은 엄마는 꼿꼿하게 등을 펴고 앉아 있었다. 상을 준 기관의 높아 보이는 사람들과 수상자 가족들이 함께 밥을 먹었다. 같은 테이블에 앉은 사람들은 엄마에게 아이 엄마 같지 않게 젊고 아름답다거나 따님이 어머니를 닮아서 예쁘고 총명한가 보네요, 하고 칭찬했다. 그때마다 엄마의 얼굴에 화사한 미소가 퍼졌다. 학교에 돌아오니 교장 선생님까지 나를 불러서 격려해 주었다. 엄마는 우리 반 아이들에게 햄버거를 돌렸다.

그 일이 있은 뒤 엄마가 이 앨범을 샀다. 족히 이백 장의 사진을 보관할 수 있을 듯한 두께의 앨범을 사서 스크랩북을 만들었다. 그리고 첫 장에 신문 기사를 반듯하게 붙였다. 남은 쪽들은 커 가면서 다 채울 수 있다는 듯이.

엄마는 소질이 무엇인지 발견해야 한다는 이유로 내가 다닐 학원을 늘렸다. 미술과 피아노만 해 왔는데 서예, 발레, 영어, 첼로까지 배워야 했다. 엄마의 기대에 부응하듯이 그 뒤에도 나는 몇 번더 상을 탔다. 종류도 다양해졌다. 서예 대회에서 장려상, 영어 말하기 대회에서 우수상, 사생 대회에서 최우수상을 탔다. 스크랩북에는 태권도 학원에서 딴 단증까지 꽂혔다. 국제기구에서 받은 봉사활동 수료증도 있었다. 엄마는 내게 언젠가 미국에서 학교를 다니게 될지도 모르니, 이왕이면 국제기구에서 해야 한다고 했다. 미국에서는 대학에 입학할 때 그런 경력을 중요시한다는 이야기를 들은 모양이었다. 그 단체에는 청소년들이 전 세계를 돌며 기금 모금캠페인을 하는 프로그램이 있었다. 미국에서 온 중고등학생 언니오빠들과 봉사 활동을 할 때는 엄마가 찾아와 사진을 찍어 주었다.

엄마는 내 상장을 고급 액자에 넣어 벽에 장식하는 것도 좋아했다. 그 하나하나가 엄마에겐 내가 특별한 아이라는 증거였고, 내 밝은 미래를 기대하게 만드는 화려한 예고편이었다.

얼핏 딸의 재능을 살려 주려고 애쓰는 억척 엄마로 보일 것이다. 하지만 실상은 달랐다. 나에 대한 엄마의 관심은 극단적인 면이 있었다. 새로운 걸 배우라고 독촉하다가도 관심이 급속도로 사그라들어 뭘 하든지 상관없다는 듯이 바뀌기도 했다. 처음에는 엄마의 기대에 맞추려고 필사적이었지만, 어느샌가 나는 '열성 엄마 코스프레'라며 빈정거리기 시작했다.

내 인생이 꼬인 것도 엄마가 열성 엄마 코스프레를 시작한 그즈음부터였다. 초등학교 4학년, 처음으로 같이 놀던 아이들에게 왕따를 당했다. 겉으로는 웃으면서 친하게 굴고, 뒤에서는 수군거리는 식이었다. 화장실에 간다거나 하는 핑계를 대고 자기들끼리만 놀다가 들어오는 일이 늘어났다. 같이 있을 때도 자기들끼리 팔짱을 끼거나 손을 잡고 남은 손은 주머니에 넣어 버렸다.

아이들과 다시 가까워지려고 해 봤지만 노력할수록 상황은 나빠졌다. 모두의 마음을 돌릴 수 없다면 딱 한 명만 나를 좋아하게 해 달라고 기도했다. 아이들과 멀어지기 전에 가장 친했던 친구의 마음만이라도 돌이켜 보려고 했다. 하지만 가장 친했던 바로 그 아이가 다른 아이들에게 하는 이야기를 듣고 포기할 수밖에 없었다.

– 우리는 이제 하나야. 걔랑 놀면 배신자가 되는 거야.

반은 바뀌어도 왕따는 6학년 때까지 쭉 이어졌다. 가장 곤란한 건 수련회나 수학여행 따위를 가야 할 때였다. 6학년 수학여행 전에는 태풍이 와서 취소되기를, 아니면 사고라도 나서 내가 다치기를 바랐지만 그런 일은 일어나지 않았다. 여자애들은 미리 짠 것처럼 자기들끼리 짝을 지어 앉았다. 어쩔 수 없이 혼자 앉았고, 뒷자리 남자애들 몇 명이랑 어울려 놀았다. 그런데 하필이면 유난히 날 싫어하던 여자애가, 차 안에서 내가 어울린 남자애들 중 한 명을 좋아했다. 수학여행 때 고백하려고 노리고 있었다는 걸 나로서는 알 리 없었다.

그날 밤 일이 터졌다. 밤이 되어 방에 갔더니 여자애들이 내 주위를 둘러쌌다. 잔뜩 벼르고 있던 애들이 돌아가며 한마디씩 했다.

남자애들한테 꼬리 치지 마. 잘난 척하지 마. 예쁜 척 좀 그만해. 너네 엄마 바람 피웠다면서? 엄마 닮았나 보네. 꼴 보기 싫으니까 꺼져 버려.

나도 지지 않으려고 애들을 노려보았다.

- 너희는 왜 날 싫어하는 거야?

남자애를 짝사랑해 왔다는 문제의 여자아이가 양손을 허리에 짚고 말했다.

- 넌 눈치도 없니?

- 뭐가 눈치가 없다는 거야?

- 그걸 말로 설명해야 아니?

답답했다. 아무도 나에게 설명해 주지 않은 채 날 미워했다. 누군가 말했다.

- 쟨 울지도 않아.

아이들이 내가 우는 걸 보고 싶어 한다는 걸 깨달았다. 솔직히 조금 슬픈 생각을 해서 울 수도 있었지만 그러고 싶지 않았다. 그래서 오히려 웃어 버렸다. 한쪽 입꼬리를 올리고 비웃어 주었다. 진심으로 우습다고 생각했다. 그 뒤로도 나는 아이들이 따돌릴 때마다 태연하게 무시해 버리는 식으로 버텼다.

왕따를 당한 건 나만이 아니었다. 엄마도 엄마들의 세계에서 왕따였다. 내가 다닌 초등학교는 하남의 재래시장 옆에 있었다. 학교에서 공개 수업을 할 때면 과일이나 생선 또는 반찬을 팔다가 급하게 립스틱만 바르고 오는 아줌마들이 많았다. 가게의 규모와 벌이에 따라 옷차림도 묘하게 차이가 났다. 그 와중에 엄마는 단연 아이들 눈에 띄었을 것이다. 엄마는 진홍색 투피스를 입고 같은 색 매니큐어를 칠했고, 텔레비전에 나오는 여자들처럼 화장을 하고 있었다. 굽이 높은 구두를 신어서 아줌마들 중에 다리가 가장 길어 보였다. 나는 아줌마들이 수군거리는 소리에 온통 정신이 팔려 있었다.

- 저 여자는 어느 집 사모님이야?
- 애 엄마 같지가 않네. 어디 밖에 좀 다니나 봐.

한 아줌마가 목소리를 한층 낮춰 말했다.

- 그 여자잖아. 나갔다가 들어온 여자.

목소리를 낮추고 수군거릴수록 이상하게 귀에 더 잘 들어왔다.

나는 엄마가 집을 나갔었던 걸 두고 하는 이야기라는 걸 깨달았다. 4학년 때, 엄마가 육 개월쯤 집에 없었던 적이 있다. 나는 엄마가 떠난 첫날을 기억했다. 집에 들어간 순간 평소와는 다른 정적이 흘렀다. 집이 전과 다르다는 걸 깨달았다. 엄마 옷이 들어 있던 옷장은 군데군데 비어서 휑했다.

그 뒤로 아빠는 주말마다 가게를 친척 아저씨에게 맡기고 엄마를 찾으러 다녔다. 나에게는 외할머니가 편찮으셔서 엄마가 외가에 갔다고 둘러댔지만, 시장에 한 번 돈 소문은 끈질기게 남아 내 귀에까지 들어왔다. 엄마는 육 개월쯤 지나자 집을 나갔을 때처럼 갑작스럽게 돌아왔다. 사람들은 우리 엄마를 만족을 모르는 여자, 집을 나갔던 여자, 나갔다 들어온 주제에 고개를 뻣뻣하게 들고 다니는 여자라고 했다. 엄마가 대학을 나왔다고 '배운 여자'라고 하던 아줌마들이 언젠가부터는 '못 배운 여자'라고 말을 바꿨다. 무엇을 배우고, 무엇을 못 배웠다는 걸까. 이해할 길이 없었다. 엄마는 이런 소문에 대해서 적당히 귀를 막고 사는 것 같았다.

공개 수업에서 나는 미리 짜인 각본에 따라서 '우리 동네의 자랑거리'를 주제로 발표했다. 수업이 끝난 뒤, 엄마는 나한테 꽃다발을 안겼다. 그리고 굳이 사진을 찍겠다며 웃어 보라고 했다. 더 최악인 것은, 날 왕따시키던 아이들을 내 주변에 들러리처럼 서게 하고 박수를 쳐 달라고 부탁했다. 내가 주인공처럼 보이게 하려는 연출이었다. 딱딱하게 굳어 가는 아이들 얼굴을 보며 왕따도 유전되는 걸까 생각했다.

그런 사정을 모르는 짝꿍 남자애가 내 귀에 속삭였다.

- 너네 엄마, 진짜 예쁘다. 미스코리아 같아.

나도 그 애의 귀에 대고 말해 주었다.

- 나도 알아. 다들 그렇게 말하거든.

남들이 수군거리든 말든, 나는 예쁜 엄마가 자랑스러웠다. 조금 변덕스러워도 예쁜 건 좋은 거였다. 피부가 거칠고 투실투실하게 살이 오르고 시끄럽게 말하는 아줌마들보다 하이힐을 신고 또각또각 걷는 엄마, 매니큐어가 지저분하게 벗겨지도록 내버려 두지 않는 엄마, 흰 피부를 가진 엄마가 좋았다. 그런 엄마 옆에서 걷는 일은 나 역시 특별한 아이라는 기분이 들게 했다.

엄마의 다른 곳도 예뻤지만, 그중에서도 나는 손톱을 가장 특별하게 여겼다. 매니큐어와 손톱 보호제가 발라져 반들반들한 엄마의 손톱을 만지작거리는 걸 좋아했다. 엄마의 손톱은 늘 단정하게 정리되어 있었다. 가끔은 네일숍에 가기도 했지만, 엄마는 스스로 손질하는 걸 좋아했다. 오일과 니퍼로 큐티클을 깨끗하게 다듬어 내고, 수십 개의 매니큐어 콜렉션 중에서 신중하게 색을 골랐다. 핑크빛 매니큐어를 가장 좋아했고, 그다음으로는 옅은 오렌지와 펄이 들어간 밤색이었다. 엄마는 자신의 감정을 매니큐어 색으로 표시하려는 본능이 있는 것 같았다. 검은색이나 빨간색 매니큐어를 바를 때는 대체로 우울했고, 노란색이나 초록색처럼 좀처럼 바르지 않는 색을 바를 땐 기분이 특별히 좋거나, 나쁘거나 둘 중 하나일 가능성이 컸다. 언젠가부터 나는 엄마의 매니큐어 색깔을 살피는 버릇이 생겼다. 그리고 색마다 이름을 붙이곤 했다. 행복의 핑크, 슬픔의 검정, 즐거움의 하양, 기대감과 희망의 주황, 따분함의 노랑, 평온함의 연두…….

육 개월 동안 사라진 엄마가 어느 날 홀연히 돌아와 있었을 때도, 나는 손톱을 먼저 보았다. 매니큐어가 형편없이 벗겨져 있었다. 나는 엄마에게 매니큐어 상자를 내밀었다. 엄마는 말없이 상자를 받아 들더니, 빨간색을 골라서 군데군데 남아 있는 주황색을 지우지도 않고 두껍게 덧발랐다. 엄마는 피아노를 치듯 허공에 열 손가락을 흔들며 매니큐어를 말렸다. 아무 일도 없었다는 듯이, 마치 매니큐어가 마르는 동안은 모든 문제에서 자유롭다는 듯이 말이다. 그때 엄마의 색은 분명 '우울의 삘깅'이있다.

나는 다시 돌아온 엄마를 위해 할 수 있는 건 뭐든지 했다. 어느 때보다도 열심히 공부했고, 상도 곧잘 타 왔다. 엄마가 내 교육에 열을 올리기 시작한 것도, 내가 엄마의 변덕스러운 교육열에 부응하려고 애쓴 것도 돌이켜 보면 엄마가 한동안 집을 비웠다 돌아온 뒤였다. 하지만 학교에서 아이들과 잘 지내는 것만큼은 실패한 것 같았다.

아이들은 멋대로 다가와서는 멋대로 나를 미워하다가 사라져 갔다. 초등학교 때 아이들도, 중학교 때 혜지 패거리도, 그리고 수아마저도. 나는 이유도 모른 채 미움을 받았다. 어쨌든 이제 다 상관없다. 먼 곳으로 떠나니까.

나는 스크랩북 안에 든 상장들을 하나씩 꺼내어 잘게 찢어 버렸다. 시간은 얼마 걸리지 않았다. 파란 스크랩북은 중간부터는 텅 비어 있었다. 엄마의 바람대로 가득 채워지지 못했다. 거기까지가 나의 전성기였던 셈이다.

B의 짐에는 스크랩북 말고 수아와 썼던 비밀노트 두 권도 있었다. 한 권에는 숫자 '4'가, 다른 한 권에는 '5'가 적혀 있었다. 한 권은 초등학교를 졸업할 즈음, 다른 한 권은 중학교에 가서 쓴 노트였다. 4권에는 '2010년 12월 8일~2011년 4월 28일', 5권에는 '2011년 5월 1일~2011년 10월 30일'이라고 적혀 있었다.

비밀노트 역시 미국까지 가지고 갈 생각은 없었다. 하지만 어째서인지 그 노트들을 단번에 버리지 못했다. 막상 버리려고 하니 그 안의 내용들을 다시 한 번 보고 싶었다. 중학교 때의 이야기가 모두 그 안에 있었다.

수아를 생각하면 기분이 복잡했다. 수아는 다른 아이들과 좀 달랐다. 처음부터 무조건적으로 나를 좋아해 줬고, 적어도 겉으로는 나를 따돌린 적이 없었다. 하지만 중요할 때 곁에서 사라졌다. 수아는 어떤 때는 가장 가까운 친구 같다가 어떤 때는 아무 사이도 아닌 것처럼 낯설었다. 웃기는 말 같지만, 날 괴롭힌 애들이 오히려 가깝게 느껴질 때도 있었다.

딱 한 번, 마지막으로 비밀노트를 읽어 보기로 했다. 미국으로 떠나기 전 치러야 할 의식이라고 생각하자. 나는 시트도 없는 매트리스 위에 엎드려 팔을 괸 채 네 번째 비밀노트의 첫 장을 펼쳤다.

2

벌써 초등학교 졸업이라니 믿기지가 않아!

사실 전학 오기 전까진 친구 없이 조용히 지내다가

졸업하려고 했어.

하지만 네가 말 걸어 주었을 때 기뻤어.

비밀 하나 말해 줄까? 너보다 내가 먼저 너를 봤어.

— 예비 중딩! 영주가

하남에서 당한 따돌림은 의외의 상황으로 끝나 버렸다. 서울로 전학을 가게 된 것이다. 전학을 권한 건 초등학교 6학년 때 담임 선생님이었다. 영주같이 우수한 아이는 좀 더 큰물에서 성장해야 해요. 엄마는 그 한마디에 바로 서울로 전학을 준비했다. 하남에서 태어나고 자란 나는 엄마의 결정을 이해할 수 없었지만 엄마는 완강했다.

서린초등학교에 처음 갔을 때 아이들이 운동장에 모여 운동회 연습을 하고 있었다. 양손에 부채를 하나씩 들고 흔들었다. 엄마는 평소보다 신경 써서 차려입었다. 몸에 꼭 맞는 검은 원피스에 높은 구두를 신었고, 핸드백을 쥔 손에서는 갈색 매니큐어가 반짝였다.

— 운동회가 얼마 안 남았거든요.

내 담임 선생님이라는 사람이 말했다. 사십 대쯤으로 보이는 여자분이었다. 운동복을 입고 있었는데 잘 웃고 목소리가 높고 무척 건강해 보였다.

— 6학년은 부채춤을 해요. 예전부터 늘 그래 왔죠.

선생님의 말에 엄마가 대꾸했다.

— 네, 보기 좋네요.

— 벌써 절반 이상 배웠는데, 영주가 따라가려면 힘들겠네요.

— 걱정 마세요. 무용을 가르친 데다 기억력이 좋아서 잘 따라 할 거예요.

엄마의 말을 듣고 예전에 발레를 배우던 일을 떠올렸다. 그다지 소질은 없었지만 약속대로 일 년을 채우고 그만두었다. 선생님은 오늘은 이만 돌아가도 좋으니, 주말을 보낸 뒤 월요일부터 학교에 오라고 했다.

— 안녕, 다음 주 월요일에 보자.

선생님은 이렇게 말하고는 운동장 쪽으로 걸어갔다. 6학년 2반. 앞으로 내가 속하게 될 아이들에게로.

— 좀 더 보고 갈래?

엄마가 물었다. 나는 고개를 끄덕였다. 다음 주에 바보처럼 보이지 않으려면 동작 하나라도 외워 둬야 할 것 같았다. 엄마와 구령대에 앉아서 아이들이 연습하는 것을 지켜보았다. 이미 연습은 꽤 많이 진행된 듯했다. 아이들은 각자의 자리에서 부채를 흔들다가 동그랗게 섰다. 부채들이 이어져 원이 되더니 곧 부채 물결이 만들어졌다. 작은 원이 합쳐져 큰 원이 되고 그것이 합쳐져 더 큰 원이 되고, 끝에는 운동장을 가득 메운 하나의 원이 되었다.

전학 오기 전 학교에서는 카드 섹션을 섞은 무용을 했다. 내가 6학년 대표라서 체육 시간마다 앞에 나가서 시범을 보였다. 아직 동작을 외우지 못한 아이들이 나를 보고 따라서 했기 때문에 한순간도 긴장을 풀 수 없었다. 조금만 열심히 노력하면 어려운 건 없었다. 하지만 날 싫어하던 애들은 운동회 연습만 끝나면 시범이 형편없었다고 일부러 들리도록 말했다. 실수한 부분을 과장해서 흉내 내기도 했다. 수고했다며 칭찬해 주는 건 선생님뿐이었다.

이곳에서는 각 반의 대표가 나와 시범을 보이고 있었다. 6학년 2반 대표의 얼굴이 희미하게 보였다. 동그란 얼굴에 시종일관 웃으면서 부채를 흔드는 여자아이. 중간에 실수로 동작이 틀리자 혀를 날름 내밀고는 오히려 팔다리를 마구 흔들며 이상한 동작을 해 보였다. 그걸 본 아이들이 와 하고 웃었다. 앞에서 따라 하던 아이가 다가가서 귀엽다는 듯이 볼을 잡아 늘렸다. 시범을 보이던 아이는 환하게 웃으면서 다음 동작으로 넘어갔다.

저 아이 빛이 나네, 하고 생각했다. 그 아이가 무슨 말인가 하며 웃자 아이들이 따라 웃었다. 전염성이 강한 웃음이었다. 나는 저 안으로 들어갈 수 없을 것만 같았다. 이곳에서도 나는 혼자인가. 엄마는 내 표정을 보더니 말했다.

– 금방 적응할 거야. 그래 봐야 몇 개월만 다니면 졸업이니까.

– 이 학교 다니고 싶지 않아.

일부러 목소리에 날을 세워서 말했다.

– 어쩔 수 없어. 서울에 있는 중학교에 들어가려면 하루라도 빨리 적응하는 게 좋아.

집으로 가는 길에 부채춤 동작을 떠올려 보려고 했지만 하나도 생각나지 않았다. 집에 돌아오자 동생이 새 학교는 어떠냐고 물었다. 몰라, 하고 방으로 들어가려는데 동생이 쫓아왔다.

– 누나, 여기 학교보다 더 커? 사람도 많아?

– 모른다고!

나는 소리를 지르고 방문을 닫았다. 한 살 어린 남동생 원태는 심장 때문에 응급 상황에 대비해 늘 병원과 가까운 곳에 있어야 했다. 3학년 체육 시간에 쓰러져서 병원에 갔다가 심장판막증이라는 진단을 받았다.

– 심장에 방이 네 개 있고 피가 흘러 다니는 문이 있어. 그런데 원태는 그 문이 고장 난 거다.

아빠가 설명해 주었지만 정확히 이해되지는 않았다. 아프지 않을 때 동생은 그냥 장난치는 걸 좋아하는 평범한 남자애로 돌아왔다. 그래서 아프다는 걸 잊어버리곤 했다. 아프지 않았다면, 엄마는 원태도 전학시키려 했을 것이다. 그때는 학원도 다니지 않는 동생이 부러웠다.

다음 주 월요일, 담임 선생님과 2반 교실로 들어섰다. 열세 살짜리 여자애가 아는 얼굴이 하나도 없는 공간에 있다는 건 사형선고를 받는 것과 같다고 생각했다. 나는 새로운 학교에 가기 전날 밤 특별한 다짐을 해 놓았다. 다시 친구 따위는 만들지 않기로 했다. 전 학교에서 깨달은 게 있기 때문이다. 친구를 만드는 건 번거로운 일인 데다가 시간 낭비일 뿐이라는 생각이었다.

학교에 있는 시간을 어떻게 버텨 낼지도 미리 생각해 놓았다. 책을 펼쳐 놓을 작정이었다. 가방에 책을 세 권이나 넣어 가지고 갔다. 서재에 꽂혀 있는 엄마의 영어 소설책과 최근에 읽기 시작한 세계 명작 두 권이었다. 핸드폰을 만지작거리는 건 왠지 왕따 같아서 안 하기로 다짐했다. 가방 속에 손을 넣어 책등을 쓰다듬자 지원군이 있는 것 같아 조금은 마음이 놓였다.

– 하남에서 온 이영주입니다.

다행히 목소리는 떨리지 않았다. 자리에 앉았는데 마침 부채춤 시범을 보인 얼굴이 동그란 여자아이가 앞자리였다. 수업 시간 시작할 때 일어나서 인사 구령을 하는 걸로 보아 예상대로 반장인 모양이었다. 나는 계획대로 가방에서 책을 꺼냈다. 너희가 말을 걸지 않아도 아무 문제 없다는 걸 보여 주기 위해서였지만, 글씨가 눈에 들어오지 않았다.

쉬는 시간에 아이들이 와서 말을 걸었다.

- 안녕, 너 하남에서 왔다면서?

- 귀걸이 되게 예쁘다. 이거 텔레비전에서 누가 한 거 봤어.

- 너희 엄마 혹시 외국인이야? 누가 너네 엄마를 봤는데 머리가 노란색이라던데.

시시한 질문들에 나는 적당히 대답했다. 제일 먼저 말을 걸어올 것 같던 반장 수아는 겨우 인사만 하고 나를 본체만체했다. 가끔 눈이 마주치면 재빨리 눈길을 피했다. 첫인상과는 달리 쌀쌀맞은 느낌이었다. 내 책상 위에는 계속 책이 펼쳐져 있었다. 이렇게 혼자 있는 것도 나름대로 나쁘지 않다고 생각하려 애썼다

앞에 앉은 수아는 예상내로 인기가 많았다. 종일 아이들에 둘러싸여 웃고 떠들었다. 반장이라서 앞에 나가 조용히 시키다가도 자기가 더 신나게 수다를 떨어 버리고는 했다. 모범생이지만 푼수 같은 면이 있었다. 어쩌면 저렇게 쉬지 않고 웃고 즐거워할 수 있는지 궁금했다. 웃지 않을 때는 어떤 얼굴일지 상상이 안 될 정도였다. 집에 갈 때는 미경이라는 키 크고 말이 없는 여자애를 찾았다. 둘은 어울리는 면이 하나도 없어 보였지만, 같이 있으면 어렸을 때부터 함께 자란 아이들처럼 자연스럽고 편안해 보였다.

한 번은 여느 때처럼 수아가 둘러앉은 아이들과 이야기하는 걸 엿들었다. 수아는 그중 한 명에게 입고 온 옷이 예쁘다, 연예인 누구 닮았다며 칭찬해 댔다. 그다지 예쁘지도 않은 애였다. 그애는 고마워하기는커녕 쏘아붙였다.

- 나 개 싫어하거든. 키 작고 다리도 짧잖아!

나라면 그럼 말고, 하는 식으로 대처했을 것이다. 애초에 닮지도 않은 연예인을 닮았다고 하지도 않았겠지만. 웃음기가 가시지 않던 수아의 얼굴에 당혹스러워하는 빛이 떠올랐다. 앗, 방금 본 것 같다. 웃지 않는 굳은 표정. 하지만 곧바로 원래의 웃는 얼굴로 돌아왔다.

- 키 작은 거 말고 얼굴이 닮았다고! 걔 얼굴은 예쁘잖아.

여자애는 아, 그런 거야? 하면서 돌아섰다. 그 상황을 지켜보고 있는 나와 수아의 눈이 마주쳤을 때, 참지 못하고 한마디 하고 말았다.

- 왜 그렇게 쩔쩔매니? 네가 잘못한 것도 아닌데.

묻고 나니 정말 궁금해졌지만, 수아는 별다른 대답을 해 주지 않았다. 모두에게 친절한데 어째서 나만 무시하는 건지 알 수 없었다. 역시 내가 비호감인가, 싶었다.

수아와 제대로 대화한 건 소나기가 오는 날이었다. 우산이 없는 아이들은 대부분 마중 나온 엄마와 함께 돌아갔지만 하남에 있는 엄마를 부를 수도 없었다. 우산을 파는 데까지 가려고 해도 흠뻑 젖을 것 같은 비였다. 그치기만을 기다리다 주변을 보니 나밖에 없었다. 그런데 뒤에서 나를 부르는 소리가 들렸다. 수아였다.

- 우산 같이 쓸래?

- 나 좌석버스 정류장까지 가야 해. 집에 가는 버스 거기서 타거든.

- 데려다줄게.

수아는 가는 내내 학교에 대한 이야기, 선생님과 반 아이들에 대한 이야기를 늘어놓고 깔깔거리며 웃었다. 며칠 동안 날 모른 척하던 것과는 다른 모습이었다. 나랑 친해지기로 마음을 먹은 모양이었다. 나도 뭐라도 말을 해야 할 것 같아서 아무거나 물었다.

- 근데 여기 학교 애들은 뭐 하고 놀아?

- 음, 비밀노트를 써.

- 그게 뭔데?

- 교환일기처럼 노트를 주고받는 거야. 서로 비밀을 다 말해 주는 거야. 뭐든지 다.

- 흐음.

- 나랑 해 볼래? 비밀노트.

의외의 말에 잠시 당황했지만, 나쁠 건 없었다.

- 그래.

- 그럼, 아무것도 숨기지 말아야 해.

수아가 다짐하듯이 말했다. 비밀노트라니, 처음에는 그냥 해 본 소리일지도 모른다고 생각했다. 하지만 다음 날 첫 번째 노트를 사러 가자고 했을 때 농담이 아니라는 걸 알았다. 이렇게 쉽게 친구가 생겨 버린 게 신기했다. 확실한 건, 수아와 함께 걷는 동안 이전 학교에서 왕따를 당했던 기억이 전혀 떠오르지 않았다는 것이다.

3

전교에서 제일 인기 많은 남자애는 SJ야.

GH는 축구를 잘해서 인기는 좀 있는데, 말이 거의 없어서

애들이 가까이 가질 못해.

듣기로는 고등학교 일진들이랑 어울린대.

저번에 복도에서 본 KS 있지? 걔는 한동안 5반의 HJ랑 사귀

었는데, 만날 급식 우유 하나를 번갈아 가면서 같은 자리에

입을 대고 마신대.

일부러 애들 보는 앞에서 그런다더라. 윽, 더러워!

— 정보통 수아가

수아와 나, 수아와 늘 붙어 있던 미경까지 우리는 세 명이서 함께 다니기 시작했다. 친구 따위 만들지 않으려고 했는데 둘이나 생겨 버렸다. 둘은 학교에서 꽤 거리가 먼 좌석버스 정류장까지 나를

데려다주곤 했다.

미경은 조용한 아이였다. 수아를 제외하면 딱히 친하게 지내는 친구는 없는 것 같았다. 둘은 어릴 때부터 같은 건물에 살아서 친해졌다고 한다. 주로 수아가 분위기를 띄우고, 미경은 웃기만 했다. 걸어갈 때면 수아는 앞서고, 미경은 뒤에서 수아의 리듬에 맞춰 걸었다. 키가 작고 약간 통통한 수아와 키가 크고 마른 미경, 둘은 기묘하게 어울리는 한 쌍이었다. 오랫동안 같이 지내 온 자매 같았다. 외모는 전혀 닮지 않았지만.

수아를 통해서 우리 반과 6학년 아이들 캐릭터를 알아 갔다. 수아는 누가 서로 친하고 사귀거나 헤어졌는지, 반에서 제일 잘 노는 애, 운동 잘하는 애, 인기 많은 애도 알려 주었다.

최근호에 대해 알게 된 것도 수아를 통해서였다. 어느 날 체육 시간에 자유 시간이 주어졌다. 여자애들은 벤치에 앉아서 쉬고, 남자애들은 축구를 했다. 양 팀의 대표가 나와서 가위바위보로 마음에 드는 선수를 한 명씩 골랐다. 이긴 아이가 첫 번째로 지목한 게 최근호였다. 이긴 아이는 승리의 표시로 주먹을 불끈 쥐었고, 진 아이는 고개를 저었다.

- 최근호가 간 팀이 무조건 이겨. 축구 엄청 잘하거든.

옆에 서 있던 수아가 말했다. 최근호는 교실에 있을 때는 말도 없고 튀지도 않는 애였다. 그런데 경기가 시작되자마자 공을 쫓아서 무섭게 뛰어다니더니 십 분쯤 되었을 때 두 골을 연달아 넣었다.

- 교실에 있을 때는 되게 조용하던데.

- 좀 잘생기고 운동도 잘해서 학기 초에는 다들 관심을 가졌던 앤데, 지금은 관심 밖이야. 말 걸면 받아 주지도 않고 만사 귀찮아하는 애라서 여자애들은 별로 안 좋아해. 남자애들은 축구할 때만 자기편으로 데려가려고 하고.

미경도 거들었다.

- 심지어 선생님이 불러도 대답을 잘 안 할 정도야.

수아가 조심스러운 목소리로 말했다.

- 쟤 혼자서 산대. 엄마 아빠가 이혼해서 각각 다른 사람하고 산다나 봐.

모두 다 아는 사실인 듯 미경도 고개를 끄덕였다. 나는 의아했다.

- 보통 엄마랑 아빠 둘 중에 한 명을 선택하지 않나?

수아가 내 의문을 풀어 주었다.

- 재혼한 쪽에도 양쪽 다 자식이 있나 봐. 그래서 아무도 안 맡겠다고 했대.

- 그럼 보육원에 간 거야?

- 그건 아니고 단칸방에서 어떤 형이랑 같이 산대. 누군가 돈을 주겠지.

미경이 아까보다 한층 조심스럽게 말했다.

- 근데, 그 형이 조폭에 들어오라는 권유를 계속 받고 있대.

수아의 눈이 커졌다.

- 그럼 쟤도 언젠가 조폭 되는 거 아니야?

미경은 거기까진 모르겠다는 듯 어깨를 으쓱했다.

최근호도 나처럼 소문이 꽤 많은 모양이었다. 하지만 본인에게 물어보기 전까지 진실은 모르는 법이다. 나는 최근호가 화난 말처럼 운동장을 뛰어다니는 모습을 바라보았다. 골을 넣어도 별달리 기뻐하지도 않고 그냥 달리는 데만 집중하는 것 같았다.

어제 학교에서 돌아오는 버스에서 변태를 만났어.
어떤 놈이 나한테 팬티를 보여 달라고 하잖아!
그래서 도망치듯이 내렸는데 너무 낯선 곳이라서 당황했어.
한 아줌마가 대신 엄마한테 전화해 줘서 다행이었어.

동생이 그러는데 그럴 땐 무조건 급소를 차 버리래.
급소가 뭐냐고? 남자의 중심!
거기를 차면 아무리 힘센 남자도 꼼짝을 못 한다는 거야.
다음에 만나면 가만히 안 둘 거야.

— 열받은 영주가

나는 좌석버스를 타고 학교에 다녔다. 서울로 이사를 올 수는 없었다. 엄마 아빠가 하는 금은방은 단골이 많아서 옮기면 손해가 크다고 했다. 게다가 아빠는 상인 연합회 활동을 하고 있었다. 시장 옆에 들어선다는 쇼핑몰 건립을 막기 위해 서명을 받거나 지역 언론사 기자들을 만나거나 재래시장 홍보 캠페인을 준비하는 일로 바빴다. 혼자서 버스 타는 걸 무서워하는 나를 엄마가 달랬다.

― 딱 반년만 참아. 중학교에 가면 방법을 찾아보자.

전학 간 지 한 달쯤 되었을 때였다. 집으로 돌아오는 좌석버스 안에서 옆에 앉은 남자가 계속 말을 걸었다. 서른 살쯤 되어 보였지만 그보다 어리거나 많을지도 몰랐다. 나는 어른들의 나이를 잘 가늠할 수 없을 만큼 어렸다.

그날 나는 엄마가 주말에 사 준 남색 체크무늬 스커트를 입고 있었다. 버스에 앉으니까 치마가 무릎 위로 올라갔다. 그게 신경 쓰여서 무릎 위에 가방을 올려놓은 채로 잠이 들었다. 이상한 기분에 깨어 보니 가방은 바닥에 떨어져 있고 남자가 스커트 안으로 손을 넣고 있었다. 너무 놀라서 소리조차 지르지 못했지만 온몸에 힘이 들어갔다. 남자는 내가 깬 것을 알고도 팬티까지 올라온 손을 치우지 않았다. 나는 가만히 있었다. 왜 그랬을까. 어쩔 도리가 없다고 생각했을 것이다. 상대는 힘센 어른이니까.

남자는 내가 눈을 뜬 걸 보고 말했다.

― 팬티 내려 볼래?

그 목소리와 표정은 영원히 잊지 못할 것이다. 남자의 눈에는 핏줄이 섰고, 얼굴은 기름기가 돌면서 붉게 상기되어 있었다. 앞뒤 자리에는 아무도 없었다. 무조건 도망가야겠다고 결심했다. 그래서 다음 역에 버스가 섰을 때 남자를 밀치고 밖으로 뛰쳐나갔다. 잡히면 죽을지도 모른다. 그때는 그렇게 생각했다. 내려서 달려가다가 넘어졌다. 지나가던 아줌마가 괜찮으냐고 물어봤을 때 한순간에 긴장이 풀려서 울먹거리고 말았다. 그 아줌마가 엄마에게 대신 전화를 걸어 주었다.

그날 밤, 엄마와 아빠는 나를 전학시킨 문제로 크게 싸웠다. 아빠는 엄마에게 쓸데없는 욕심이라고 했고, 엄마는 나의 미래를 위한 일이라고 했다. 나는 특별한 아이이기 때문에 특별한 길을 가야 한다는 것이었다. 엄마 아빠는 그날 새벽까지 싸웠는데, 나중에는 나 때문이 아니라 내가 알 수 없는 갖가지 문제들 때문에 싸웠다.

덕분에 다른 일도 있었다는 걸 알았다. 그날 상인 연합회에서 양로원을 방문해 김치를 담그는 봉사 활동을 한 모양이었다. 그런데 엄마만 높은 구두와 정장을 갖추고 나가서 입방아에 올랐다. 아빠는 왜 다른 여자들처럼 편한 옷차림을 하지 않았느냐고 엄마를 나무랐다.

- 봉사 활동 가는데 그렇게 진한 화장이 필요해? 게다가 꼭 높은 구두를 신어야겠어?

- 난 그게 편한 걸 어떡해요!

- 다른 사람들이 수군거리는 거 몰라?

- 그러든 말든, 내가 왜 신경 써야 해요?

아빠는 왜 엄마가 다른 여자들처럼 평범하게 살지 못하는지 답답해했고, 엄마는 좁아터진 이 동네가 지긋지긋하다며 영주까지 그렇게 살게 하지 않겠다고 맞받아쳤다.

아빠는 화가 나면 엄마의 화장대부터 습격했다. 그다음은 옷장,

그다음은 신발장이었다. 그러고도 화가 안 풀리면 그릇장을 향했다. 엄마가 소중히 여기는 순서였다. 정말 화가 났을 때는 엄마의 구두 굽을 부러뜨리기까지 했다.

아빠가 일어서자마자 엄마는 화장대를 사수하기 위해 아빠보다 빨리 움직였다. 나는 귀를 틀어막았다.

좌석버스 사건 다음 날, 다시 혼자 학교에 가야 했다. 나는 내가 달라진 것을 느꼈다. 엄마가 말한 '특별하다'는 것이 무언지 대충은 알 것 같았다. 그건 고통을 견뎌 내는 것이다. 엄마가 굽 높은 하이힐을 신고 걷듯이.

어렸을 때부터 나는 엄마의 구두를 신어 보며 놀았다. 이걸 신고 꼿꼿하게 걸을 수 있는 여자는 엄마를 제외하고는 텔레비전 안에만 존재한다고 믿었다.

- 엄마, 나도 크면 이런 거 사 줄 거야?

내가 그렇게 물으면 엄마는 이마를 쓸어 주며 이야기했다.

- 그럼, 처음에 발이 좀 아픈 것만 참으면 돼. 그걸 참아야 예쁘고 매력적인 여자가 될 수 있는 거야.

그러니까 특별한 아이인 나도 힘든 걸 견뎌야 했다. 남들이 교문이 닫히기 삼십 분 전까지 이불 속에서 꼼지락거리다가 겨우 일어나 학교까지 뛰어갈 때, 나는 새벽에 혼자 일어나 찬 우유에 시리얼을 말아 먹고 새벽 공기를 느끼며 버스를 타야 했다.

네가 좋아하는 애 생기면 말하라고 했잖아.

좀 관심 가는 남자애가 생겼어.

축구 잘하고 부모님 없이 혼자 산다는 애, 최근호 맞지?

그냥, 이야기해 보고 싶더라.

근데 말이 별로 없는 것 같아.

— 사랑이 궁금해진 영주가

　버스에서 있었던 일을 비밀노트에 털어놓자 수아가 나를 위로했다. 그러면서 변태가 어떻게 생겼는지, 뭐라고 말했는지 꽤나 궁금해했다.

　기분 전환도 할 겸 수아와 동대문 쇼핑몰에 가기로 했다. 쇼핑몰은 너무 높아서 고개를 들어 바라보고 있으면 어지러울 정도였다. 덕풍시장도 꽤 크고 번잡한 곳이지만 동대문처럼 높은 건물이 밀집해 있지는 않다.

　쇼핑몰 입구에는 커다란 무대가 있었다. 사람들이 그 주위를 둘러싸고 있는데 곧 신인 아이돌 가수가 공연을 한다고 했다. 앞쪽에 앉은 사람들은 몇 시간 전부터 자리를 맡고 기다렸다고 했다. 무대에는 사전 행사로 사람들이 나와 장기 자랑을 하고 있었다. 여자애들이 아이돌 그룹이 입었던 옷과 비슷한 옷을 입고 춤을 췄다. 간혹 발라드를 열창하거나 비보잉을 하는 사람들도 있었고, 조잡한 차력쇼 같은 걸로 웃기려다가 야유를 받는 넉살 좋은 남자아이도 있었다. 우리 집 앞에도 이런 건물이 생기면 가수들을 실컷 볼 수 있을 것이다. 하지만 이렇게 높은 건물이라면, 우리 가게는 거대한 그림자에 가려지고 너무 작아서 초라해 보일 것이다.

건물 안에는 상자처럼 빼곡하게 가게들이 들어차 있었다. 덕풍시장은 경기가 좋지 않다고 난리였지만, 동대문에는 그런 걱정이나 절망이 느껴지지 않았다. 사람들이 가득했고, 물건은 넘쳐 났다. 어디를 가든지 시끄러웠다. 호객꾼들이 우리 팔을 아무렇게나 잡고 끌어당겼다. 힘이 얼마나 센지 한 액세서리점에 끌려가듯 들어갔다. 사람들은 액세서리를 팔과 목에 대어 보고 있었다. 아빠가 가게에서 주로 파는 14K나 18K 제품보다는 저렴했지만 눈이 부실 정도로 밝은 조명 때문인지 훨씬 화려해 보였다.

남자 옷을 파는 층은 여자 옷을 파는 층에 비해 한산했다. 콜라를 마시면서 느긋하게 구경하는데 수아가 다급히 팔을 잡았다.

– 영주야, 저기 봐! 최근호 아니야?

– 어디?

– 저기 남자 옷가게에서 짜장면 먹고 있는 애.

나는 수아가 가리킨 곳을 보았다. 정말 최근호였다. '멋진 남자'라는 간판 아래 청바지와 청남방, 청조끼가 작은 산처럼 쌓여 있었다. 한 남자가 "청바지 오만 원! 청남방 삼만 원!"을 외치며 사람들을 불러 모으고 있었고, 그 뒤 비좁은 공간에서 최근호가 몸을 작게 말고 밥을 먹고 있었다. 거리를 두고 최근호를 살펴보았다. 최근호는 다 먹었는지 그릇을 비닐봉지에 넣어 가게 밖에 내놓고는 청바지가 널린 좌판으로 왔다. 그리고 아까 그 남자와 같은 말을 외치기 시작했다. "청바지가 오만 원, 청남방이 삼만 원! 와서 보고 가세요!"

　- 최근호, 엑스몰에서 일한다더니 사실이었네.

　거기까지 들릴 리가 없는데도, 수아는 목소리를 낮춰서 말했다.

　- 근데 초딩이 이런 데서 일하면 안 되는 거 아니야?

　- 그러게.

　왠지 마주치면 안 된다는 생각에 빙 돌아서 다른 층으로 옮겼다. 집으로 가는 길에 청바지를 팔던 최근호의 모습이 계속 떠올랐다.

　비밀노트에 최근호에게 관심이 간다고 썼다. 수아는 최근호는 말도 없고 성격도 별로일 것 같다며 만내를 하고 나섰다.

　- 왜 하필 최근호니, 다른 멋있는 남자애들도 많은데.

　좋아하는 게 아니라 관심이 가는 것 정도라고 했는데도 호들갑을 떨었다. 좋아한다고 하기에는 아직 아는 게 없었다. 그저 알고 싶었던 것 같다. 최근호가 어떤 아이인지, 왜 입을 닫아 버렸는지 말이다.

4

내가 사는 곳은 '덕풍시장'이야. 오래된 가게 주인들끼리는 가족처럼 지내. 근데 엄마는 너무 '한국식'이라고 싫어해. 서로 일정한 거리를 두고 지키는 문화가 좋다나?

우리 엄마는 늘 미국에 가고 싶어 해. 미국에 가고 싶어서 영문학과에 들어갔는데 내가 생기는 바람에 졸업은 못 했대. 하지만 정작 미국에서 살고 있는 건 우리 이모야. 이모부가 애리조나에 파견되어 일하고 있거든. 막상 우리 이모는 미국에 가기 싫어서 가기 전날 펑펑 울었어.

참 이상한 일이지?

난 엄마 때문에 미국 방송을 보곤 해. 무슨 말인지 모르겠지만 엄마는 계속 보면 효과가 있을 거래. 예전에 신문에서 봤는데 키르기스라는 나라에 사는 한 할머니가 수십 년 동안 BBC만

듣고서 영어를 깨우쳤대. 그냥 화면만 우두커니 바라봤는데 말이야.

하지만 나에게 그런 일은 없을 거야. 이미 영어 학원을 두 개나 다니고 있으니까.

아, BBC는 영국 방송사야.

— 영어 없는 나라에서 살고 싶은 영주가

좌석버스 사건이 있은 뒤 좋은 점도 있었다. 가끔 날씨가 심하게 좋지 않거나 일이 생긴 날에는 수아네 집에서 잘 수 있게 되었다.

하루는 천둥 번개가 치고 폭우가 쏟아졌다. 엄마가 수아네 집에 전화를 걸어서 나를 재워 달라고 부탁했다. 저번 버스에서의 일이 생각났는지 무리해서 오는 것보다 친구네 집에서 자는 게 낫다고 생각한 모양이었다. 남의 집에서 자야 한다는 생각에 처음에는 불편했지만 신이 난 수아를 보니까 덩달아 기분이 좋아졌다. 아래층에 사는 미경까지 불러서 셋이서 한 방에서 자기로 했다.

미경이 수아의 옷장에서 잠옷을 꺼내 나에게 주었다. 마치 자기 집인 것처럼 익숙했다. 나도 이 건물에 같이 살고 싶다는 생각을 했다. 한 건물에 사는 친구가 있다면 혼자가 될 일은 없을 것이다.

수아네 엄마는 통이 큰 분이었다. 볶음밥을 산더미처럼 만들어 주었다. 수아는 내가 이래서 살이 찐다니까! 하고 불평했다. 그러면서도 셋이서 그 밥을 다 먹었다. 나도 평소의 두 배는 먹었다. 배가 터질 것 같은데도 수아 엄마는 계속 먹을 걸 만들어 주었다. 학교에는 어떻게 오냐고 물어서 설명했더니 저런 딱해라! 하고 정말 안됐다는 듯이 말했다. 수아 엄마는 약간 무겁고 따뜻한 손으로 내 등을 쓰다듬었다. 그러고는 이부자리를 내어 주었다.

수아의 방 곳곳에 어렸을 때의 흔적이 있었다. 몇 년 전 유행하던 만화 캐릭터 스티커가 책상이랑 옷장에 붙어 있었다. 내가 스티커를 만지작거리자 수아가 설명했다.

– 언니가 쓰던 거야. 엄마가 멀쩡하니까 그냥 쓰래.

미경은 캐릭터의 이름을 떠올리다가 기억났다는 듯이 세일러 문! 하고 외쳤다.

– 넌 언니가 있어서 좋겠다. 난 남동생이 한 명 있는데 아프거든.

나는 동생 이야기를 꺼냈다. 어렸을 때부터 몸이 약하긴 했는데 3학년 때 쓰러져서 수술을 한 번 받았다는 것, 심장에는 네 개의 방이 있는데 방 사이에 피가 흘러 다니는 문이 잘 열리지 않는 병이라는 것, 지금은 학교에 다니지만 언제 갑자기 상태가 나빠질지 몰라 지켜봐야 한다는 걸 알려 주었다. 수아 눈에 금세 눈물이 고이더니 언제 심장이 멈출지 모른다는 대목에서 툭, 떨어졌다. 나는 일부러 웃으면서 말했다.

– 걱정 마. 나랑 싸울 때는 완전 멀쩡하니까. 우린 연년생이라 엄청 싸우거든. 엄마가 그러는데 원래 연년생은 많이 싸우는 거래.

우리는 한참을 시간 가는 줄 모르고 떠들었다. 미경이 먼저 잠이 들어 수아와 나는 속삭이면서 비밀노트 이야기를 했다.

- 벌써 두 번째 노트 다 끝나 가네.

내 말에 수아가 기지개를 켜면서 말했다.

- 졸업할 때쯤이면 한 열 권 쓰는 거 아닐까?

나는 문득 궁금해서 물었다.

- 근데, 너 왜 나한테 비밀노트 쓰자고 했어?

- 솔직히 비밀노트가 좀 촌스럽긴 하지? 그런데 내가 핸드폰이 없잖니.

- 아니, 난 비밀노트가 더 좋아.

진심이었다. 비밀노트를 쓰는 건 기대보다 훨씬 즐거운 일이었다. 수아는 최신형 스마트폰이 부럽다고, 그럼 비밀노트 대신 매일 메신저를 하면 되지 않느냐고 했지만, 나는 이대로 비밀노트만 쓰고 싶었다. 엄마가 스마트폰을 사 주었지만 여러모로 거추장스럽기만 했다. 수아는 엄마한테 핸드폰을 사 달라고 조르는 모양이지만, 핸드폰이 있다고 그다지 좋은 일이 생기지도 않았다. 전 학교에서 욕설이 가득한 문자를 여러 번 받은 뒤로는 핸드폰을 열 때마다 가슴이 두근거렸다. 한 번은 아이들이 한 단어씩 순서대로 보내 한 문장을 만드는 협동 정신을 발휘하기도 했다. 모두 이어 붙이면 '미친년아, 너 같은 건 지옥에나 떨어져라.'였다. 다 같이 모여서 햄버거라도 먹다가 이런 아이디어가 떠오른 모양이었다. 직접 주고받는 비밀노트는 안전한 느낌이었다. 수아에게는 무슨 말이든지 할 수 있을 것 같았다.

- 나도 이 건물에서 너희랑 살면 좋겠다.

- 옥상에 텐트 치고 살면 어때?

우리는 키득거렸다. 밤새도록 이야기를 하고 싶을 정도로 즐거웠다. 새벽까지 수다를 떨던 우리는 어느 순간 누가 먼저랄 것도 없이 잠들어 버렸다. 지금까지의 기억을 통틀어 가장 즐거운 밤이었다. 밤새 수다를 떨 친구가 있다는 건 멋진 일이었다.

내 생일에 즈음해서 수아와 미경을 우리 집으로 초대하기도 했다. 엄마는 스크랩북을 꺼내며 눈치 없이 내 자랑만 했다. 아니면 영어 공부는 어떻게 하는지, 중학교 준비는 어떻게 하는지 재미없는 질문을 해 댔다. 수아와 미경은 귀찮아하기는커녕 내 칭찬을 늘어놓으며 맞장구쳤다.

내 방에 들어와 침대에 몸을 던지면서 수아가 말했다.

- 나, 너희 엄마한테 반했어. 아줌마가 저렇게 예쁠 수 있다니!

미경이 책상 위에 있는 가족사진을 보더니 말했다.

- 넌 엄마를 닮았구나.

- 그런 말 많이 들어.

가끔은 엄마가 아빠와 어떻게 결혼을 하게 되었는지 신기했다. 미인인 엄마에 비해 아빠는 키도 작고 배가 나온 통통한 몸집에 이목구비도 흐릿한 평범한 아저씨였다.

수아는 이모네 집에서 찍은 사진을 보며 말했다.

- 근데 미국은 어땠어?

- 몰라. 이모집이랑 어학원만 왔다 갔다 했거든.

엄마는 틈만 나면 나를 미국에 보내고 싶어 했다. 사실 진짜 미국에 가고 싶어 하는 건 엄마였다. 엄마는 지방 대학의 영문과를 다녔다고 했다. 대학 때 친구들과 이 주일간 미국 서부로 여행을 다녀왔다는데 그게 엄마의 인생을 바꿨다. 생기 넘치는 젊은 동양인 여자에게 술을 사 준 백인 남자도 있었고, 거리에서 스친 모든 사람들이 엄마에게 밝은 미소를 보여 주었다. 엄마가 자란 고향처럼 사람들의 억양이 억세지도 않았고, 태도는 부드럽고 신사적이었다. 엄마는 언젠가 미국에서 살겠다는 막연한 꿈을 꾸기 시작했다. 엄마에게 미국은 그 어느 곳보다 화려하고 가슴 두근거리는 세계였다.

엄마는 당장 무엇을 해야 할지 몰라 영어 공부를 열심히 했다고 한다. 하지만 하남 친척집에 놀러 왔다가 시장에서 아빠를 만난 탓에 미국에 가겠다는 꿈은 당분간 접어야 했다. 엄마가 결혼을 결심한 것은 아빠가 할아버지로부터 물려받은 금은방을 보고 난 뒤였다. 아빠는 엄마가 오기 전에 진열장 유리를 평소보다 더 깨끗이 닦아 두었고, 그래서인지 안에 든 보석은 더욱 빛나 보였다. 아빠는 영화에서처럼 한쪽 무릎을 바닥에 꿇고 말했다. 당신에게 모든 걸 바치겠다고.

엄마는 결혼을 결심했다. 당장 갈 수 없는 미국보다 눈앞의 행복을 선택한 것이다. 하지만 엄마를 여왕으로 만들어 줄 것 같던 장신구들은 결혼과 동시에 팔아야 할 생계 수단으로 변해 버렸다. 엄마는 남들보다 귀걸이와 목걸이를 많이 갖게 되었지만, 정작 가장 비싸고 예쁜 건 가질 수 없었다. 종일 바라볼 수는 있지만 엄마의 것은 아니었다. 그걸 깨달을 즈음 내가 생겼다. 엄마는 속아서 결혼 했다느니, 미국으로 갈 길이 막혔다느니 하며 아빠를 원망했다고 한다. 아빠는 '미국병'이 도져서 저런다며 주겠다고 한 건 금은방 이지 저 금은보석들은 아니었다고 해명했다. 아빠는 금은방을 떠 날 생각이 없었다. 수십 년 동안 금은방에 일어난 변화라고는 원태 와 나의 이름을 따서 '영원쥬얼리'로 간판을 바꾼 일뿐이었다.

원태가 태어나고 유치원에 다니기 시작하자 엄마는 가게에 나가 서 귀 뚫어 주는 일을 했다. 내 귀를 뚫어 준 것도 엄마였다. 항생제 를 주고 소독도 해 주었다. 흰 피부에 금 귀걸이가 잘 어울린다며 이것저것 해 보게 했다. 어렸을 때는 어딜 가나 엄마 닮았다는 이 야기를 많이 들었다. 엄마는 언젠가는 나를 미국으로 꼭 보내겠다 고 말하곤 했다. 한 번은 엄마에게 물은 적이 있었다.

- 미국은 어떤 곳이야?

- 거기는 뭐든지 다 커. 사람도 크고 집도 크고 개도 커.

- 그럼 거기에 가면 우리가 너무 작지 않을까. 작아서 보이지도 않으면 어떡하지?

- 음, 그건 말이지.

엄마가 고민하다가 말했다.

- 그건 그렇지 않을 거야. 우리도 큰 집에서 큰 개를 기르면서 살게 될 테니까. 그리고 언젠가는 그 사람들만큼 커질 거야. 특히 너는 아직 자라는 중이니까.

엄마의 말을 듣고 내가 자라서 얼마나 크게 될지 궁금해졌다.

잠잠하던 엄마의 '미국병'이 도진 것은 이모부의 직장 문제로 이모가 미국에 가고 난 뒤였다. 이모가 가면서 미국의 삶이 현실감을 띠면서 전화로 배달되기 시작했다. 막상 이모는 한국을 그리워했지만 엄마는 집요하게 미국의 좋은 점만 찾아냈다.

원태가 심장병 진단을 받은 것도 그즈음이었다. 숨을 못 쉬며 쓰러진 원태를 데리고 병원을 찾았다가 상태가 좋지 않다는 걸 알게 되었다. 그 뒤 엄마는 무조건 미국에 가야 한다고 주장했다. 미국의 의료 기술이 뭐로 보나 여기보다 나을 거라는 게 엄마의 생각이었다. 엄마의 미국을 향한 집념에는 눈물겨운 모정과 오랜 꿈이 묘하게 섞여 있었다.

- 전에 다니던 학교 친구들이야?

수아가 이전 학교 친구들과 찍은 사진이 꽂힌 액자를 가리키며 말했다. 날 왕따시키던 애들이 억지웃음을 지으며 서 있었다. 꼴 보기 싫은 얼굴들이라서 서랍에 넣어 두면 엄마가 꺼내서 세워 놓았다. 나는 사진이 보이지 않도록 엎어 놓았다.

저 아이들과도 한때는 친했다. 그러고 보면 수아, 미경과도 계속 잘 지낼 수 있다는 보장은 없었다.

- 너희는 어떤 상황이 되어도 내 곁에 있을 수 있어?

내 갑작스러운 물음에 수아와 미경은 어리둥절해했다. 나는 수아와 미경에게 전에 다니던 학교에서 왕따를 당한 사실을 고백했다. 놀란 모양이었다. 나는 침대에 앉아 발을 까딱이며 말했다.

- 그때는 정말이지, 친구가 딱 한 명만 있어 주면 좋겠더라.

수아는 아이들이 나를 질투해서 그런 모양이라고 위로했다.

- 내가 그 한 명이 되어 줄게! 우리가 멀어지는 일은 절대 없을 거야.

수아의 말을 듣는 순간 사실 누군가로부터 그런 약속을 받고 싶었다는 걸 깨달았다.

아이들이 가고 난 뒤 과일 접시를 치우며 엄마가 한마디 했다.

- 애들이 좀 촌스럽네. 서울 애들이라고 좀 다를 줄 알았더니.

나는 항의의 표시로 엄마에게 들릴 만큼 거세게 방문을 닫았다.

한 권을 다 읽고 덮을 때쯤, 엄마가 내 방문을 두드렸다.

- 뭐 하니?

나는 스크랩북과 노트를 봉투 안으로 숨겼다. 엄마가 문을 열고 말했다.

- 남은 짐들도 빨리 정리해. 이제 버릴 시간이 없으니까.

마르고 지친 얼굴이었다. 수아가 반했던 엄마의 얼굴을 떠올리려고 애썼다. 문을 닫고 나가려는 엄마를 불렀다. 부르고 나서야 특별히 할 말이 없다는 걸 깨달았다.

- 아니, 그냥.

엄마는 의아하다는 표정으로 날 한 번 보고는 방에서 나갔다. 엄마의 발걸음 소리가 들리지 않자, 남은 한 권의 비밀노트가 떠올랐다. 피곤하기도 해서 그냥 버릴까 싶기도 했다. 하지만 읽어야 한다는 오기가 발동했다. 다 읽고 갈가리 찢어 쓰레기통에 던져 버리고 미국으로 가는 것이다. 다시 노트를 펼쳤다.

5

요즘 우리 자주 못 보는 것 같네.

며칠 전에 너랑 미경이가 같이 걸어가는 걸 봤어.

불렀는데 못 듣고 그냥 가더라고.

- 우울한 영주가

요즘은 모든 게 다 거지 같아.

엄마 아빠는 돈 때문에 매일 싸우고,

담임한테도 첫날부터 찍혀서 고달파.

동생은 심장이 많이 안 좋대.

요즘 부모님은 집에 있는 날보다 병원에 있는 날이 더 많아.

아예 장기 입원을 해야 할 수도 있나 봐.

그나마 우리 반 애들 몇이랑 노래방 가서 노는 게 내 삶의
낙이야.
너한테도 한 번 소개해 주고 싶은데 학원 때문에 힘들려나?

— 뒤죽박죽 영주가

다섯 번째 노트를 시작한 건 중학교 생활에 적응할 무렵인 5월
부터였다. 수아와 미경은 학원에 다녀서 좀처럼 만나기 힘들어졌
다. 밤에 전화하거나 문자를 수십 개씩 연달아 주고받는 일도 줄었
다. 수아는 내가 하기 전에는 먼저 전화하는 법이 없었다. 전화를
걸면 "학원이야, 미안." 하고 서둘러 끊어 버렸다. 한 번은 우연히
길에서 마주쳐서 같이 노래방에 갔다. 새로 사귄 친구들을 소개해
주려고 했는데 한 시간 정도 앉아 있더니 학원 수업이 있다며 가
버렸다.

돌이켜 보면 수아는 그때부터 나를 멀리했다. 나는 수아가 공부
하느라 바빠서 그랬을 거라고만 생각했다. 그러면서 비밀노트가
있어 다행이라고 여겼다. 눈치도 없이 매일 일기를 쓰듯이 비밀노
트를 써 댔다.

그 당시 유난히 쓸 말이 많았다. 체한 것처럼 가슴이 답답한 날
들이 이어지고 있었다. 엄마와 아빠는 하루가 멀다 하고 싸웠다. 손
님이 크게 줄어서 둘 다 예민해져 있었다. 근처에 대형 쇼핑몰이
들어서서 손해가 이만저만이 아니라고 했다. 내가 어릴 때부터 있

던 가게들이 장사를 접고 다른 곳으로 옮겨 가기도 했다. 그 변화는 나에게도 영향을 미쳤다. 영어 학원을 제외하고는 모든 학원을 당분간 쉬기로 했다. 학교가 끝난 다음에 빈 시간이 많아졌다. 그즈음 원태가 수술을 받았는데 경과가 그다지 좋지 않았다. 인공심장 판막을 넣는 수술인데, 몸이 약해서 합병증이 생길 위험이 크다고 했다. 동생은 입원과 퇴원을 반복했다.

엄마는 다시 이민 이야기를 꺼내기 시작했고, 그럴 때마다 아빠는 아예 들은 척도 하지 않았다. 그리고 결국에는 항상 싸웠다. 엄마는 시장에 처박혀서 사는 것도 지긋지긋하다고 했다. 아빠는 잠시만 참고 견디면 힘든 시기는 지나가기 마련이고, 무엇보다 할아버지가 물려준 가게를 남의 손에 넘길 수 없다고 했다. 엄마는 원태 건강을 이유로 들었다.

– 미국에 가면 치료할 수 있을지도 몰라. 애들 이모가 그러는데, 유명한 소아심장 전문병원이 샌프란시스코에 있대. 영주도 더 좋은 환경에서 공부할 수 있어.

– 그건 헛된 희망이야. 새로운 곳에 적응하는 게 오히려 원태한 테 힘든 일일 거야. 익숙한 곳에서 안정된 상태를 유지하는 게 최선이야. 비자 문제도 있고, 남의 땅에서 사는 게 그렇게 쉬운 일인 줄 알아?

– 그건 부모로서 무책임한 태도야.

– 원태 핑계 대지 마. 떠나고 싶어 하는 건 당신이잖아.

– 그래! 난 여기가 지겨워. 애초에 당신하고 결혼하지 말았어야

했어.

원태와 나는 불을 끄고 자는 척했지만 부모님이 싸우는 소리가 들릴 때마다 잠을 이루지 못했다. 나도 모르게 부모님이 하는 말을 집중해서 듣고 있었다. 소리가 갑자기 커질 때면 놀라서 동생의 심장이 멈출까 봐 무섭기도 했다. 부모님은 원태를 걱정한다면서 왜 그런 건 생각하지 못하는지 이해할 수 없었다.

생각해 보면 중학교 생활은 시작부터 좋지 않았다. 날카롭고 사나운 인상의 사십 대 여자 담임에게 '찍힌' 것 같았다. 담임은 첫날 교실에 들어와 한마디 말도 없이 서 있더니 어색한 교복을 입고 앉아 있는 아이들을 마음에 안 든다는 듯이 훑어보았다.

 ─ 너, 일어나.

담임의 손가락이 나를 향했다.

 ─ 귀걸이 했니?

 ─ 네.

 ─ 봐주는 선생님도 있다지만 난 용납 못 한다. 당장 빼고 구멍 그냥 막히게 놔둬.

 ─ 어렸을 때 뚫어서 이제 막히지 않는데요.

 ─ 너 같은 애들이 꼭 학교 끝나면 다시 귀걸이 하고 놀러 나가더라?

이게 담임과 나의 첫 대화였다. 옆에 있는 아이가 "기선제압하는 거래." 하고 나에게 속삭였다. 나 말고도 머리카락을 노랗게 탈색한 아이, 교복 치마를 거의 미니스커트처럼 보이게 수선한 아이들이 지적을 받았다. 태어날 때부터 머리가 노랗다거나, 언니한테 물려받은 교복이라고 둘러대는 대범한 애들이었다.

복장 검사에서 걸린 아이들끼리 친해졌다. 걸린 김에 노래방에나 가자고 해서 함께한 것이 시작이었다. 동대문을 쏘다니거나 노래방에서 몰래 맥주를 마시면서 시간을 보냈다. 그것 말고는 달리 하고 싶은 것도 없었다.

부모님이 출장을 다녀서 집이 자주 비는 애가 있었다. 거기서 빈둥거리며 놀기도 했다. 귀가 시간이 점점 늦어졌다. 엄마에게는 독서실이나 수아네 집에 간다고 했다. 원태 때문에 지친 탓인지 엄마는 나의 어실픈 거짓말을 쉽게 믿어 버렸다.

최근호네 집에 갔어.

동대문에서 우연히 만났는데,

어쩌다 보니까 그렇게 되었어.

최근호, 힘들어 보이더라.

학교도 잘 안 나가는 것 같아.

— 아리송한 영주가

최근호랑 다시 만난 건 중학교에 간 뒤였다. 동대문에서 놀 때면 습관처럼 엑스몰에 갔다. 최근호는 여전히 그곳에 있었다. 마주치지 않으려고 하면서도, 이상하게 멀리서 근호가 있는지 확인하는 버릇이 생겼다. 근호는 변성기가 온 듯 물건을 파는 목소리가 허스키하게 바뀌어 있었다. 또래보다 키도 크고 어린 티를 벗어서 일하는 모습이 아주 어색해 보이지는 않았다. 하지만 말도 없고 모든 일에 무관심해 보이는 근호가 모르는 사람들에게 청바지를 사라고 권하는 모습이 이상하게 느껴지기는 했다.

한 번은 옷을 한 아름 안고 지나가는 최근호와 마주치고 말았다. 나는 무슨 말이든지 꺼내고 싶었다. 겨우 인사를 했다.

– 안녕.

– 어.

인사도 아니고 내립도 아닌 애매한 반응이었다.

– 너 여기서 일해?

뻔한 걸 물었다.

– 그냥 아는 형 도와주는 거야.

더는 할 말이 없었다. 나는 그럼 안녕, 하고 황급히 엘리베이터 쪽으로 갔다.

한 번 마주친 뒤로 나는 자주 엑스몰에 갔다. 일종의 하굣길 코스처럼 느껴지기도 했다. 엄마에게는 수아와 놀다가 온다든가, 근처 독서실에서 공부를 한다고 했다. 요즘 원태의 상태가 좋지 않아 엄마 신경이 모두 그쪽에 쏠려 있었다. 내가 뭐라고 성의 없는 핑계를 대도 그저 응, 하고 대답할 뿐이었다.

그러는 와중에 근호에 대해서 더 많은 걸 알게 되었다. 손님이 없을 때는 주로 빌려 온 만화책을 본다는 것, 다른 매장의 누나들이 근호가 축구 선수 김종수를 닮았다며 종수라고 부른다는 것, 저녁에는 짬뽕과 볶음밥을 자주 시켜 먹는다는 것, 쇼핑몰에서 멀지 않은 곳에서 같이 일하는 형과 함께 살고 있다는 것 등이었다.

하루는 친구들과 늦게까지 놀다가 그것도 재미가 없어서 차 시간을 핑계 대고 나와 버렸다. 집에도 가기 싫고 동대문을 어슬렁거렸다. 늦은 시간인데도 사람들이 있었다. 밀리오레 앞에서 무슨 행사가 있었던 듯 바닥이 꽃가루와 신문지, 쓰레기로 더러웠다. 막차 시간이 지났다는 걸 알고 나서야 상황이 심각하다는 걸 깨달았다.

수아네 집에 가기도 애매한 시간이어서 어쩔까 고민하며 광장을 걷고 있는데, 엑스몰에서 나오는 최근호가 보였다. 나는 무작정 그쪽으로 갔다.

근호와 같이 나오던 누나들이 근호의 어깨를 쳤다.

- 근호는 좋겠네. 예쁜 여자친구가 기다리고 있어서.

낯설어하는 얼굴이었지만 나를 알아본 눈치였다. 누나들이 가는 걸 확인한 뒤 나는 용기를 내서 말을 걸었다.

- 너 이 근처에 살지. 나 좀 재워 주면 안 돼?

- 뭐?

근호는 미간을 찌푸리고 나를 바라봤다.

- 너도 알다시피, 집이 너무 멀어서 그래.

- 너네 집이 어딘데?

얼굴이 확 달아올랐다. 6학년 때 같은 반이었으니까 당연히 알 거라고 생각했다.

- 하남인데 사정이 생겼어. 지금 버스도 끊겼고. 너 부모님이랑 같이 안 살잖아.

- 너희 부모님은?

- 내가 어디서 자든지 관심 없어.

잠깐 침묵이 흘렀다. 부모님이 나한테 관심 없다는 말은 사실이 아니었다. 부모님한테 미안한 생각이 들었다. 하지만 근호한테 '나도 너와 같은 처지'라고 느끼게 하고 싶었다.

- 따라와.

최근호는 의외로 순순히 허락했다. 내가 무슨 짓을 한 건가 싶었다. 남자들만 사는 곳에 제 발로 가고 있다는 사실에 새삼 스스로 놀라고 말았다. 갑자기 학기 초에 담임이 나에게 한 말이 떠올랐다. "너 같은 애들이 학교 끝나면 놀러 나가더라." 너 같은 애는 어떤 애를 뜻하는 걸까. 갑자기 남자한테 재워 달라고 하는 애? 하지만 나는 근호와 이야기해 보고 싶었다. 무슨 이야기든지 좋았다. 엄마에게 수아네 집에서 자겠다고 했다. 엄마는 교복 블라우스 더럽지 않느냐고 묻고는 이내 전화를 끊었다.

최근호가 사는 곳은 단칸방이었다. 아래층은 단추를 파는 가게였고 이층에 집이 있었다. 집에 들어서는 순간, 근호와 내가 뭔가 통할 거라는 기대는 무너지고 말았다. 집에서는 시궁창 냄새가 났고, 집 안 곳곳에 팔다 남은 걸로 보이는 옷들이 쌓여 있어서 발 디딜 데도 없었다. 세금 고지서가 쓰레기처럼 바닥에 굴러다녔다.

나는 청바지가 가득 들어 있는 검은 비밀봉지 옆에 앉았다. 형광등 하나는 켜지지 않았고, 남은 하나도 꺼지기 직전인지 깜빡거렸다. 근호가 씻으러 간 사이 어른 없이 산다는 건 어떤 걸지 생각해 봤다. 늘 잔소리해 대는 엄마 아빠도 없고, 놀아 달라고 치근대는 동생도 없었다. 하지만 아무런 걱정 없이 들어가서 쉴 수 있는 깨끗한 집도, 먹을 것으로 가득 찬 냉장고도 없었다. 돈을 벌어서 방세를 내야 하고, 집기들은 어떤 걸 사야 할지도 스스로 정해야 했다. 쓰레기를 정기적으로 버려야 하고, 아주 가끔이더라도 청소도 해야 했다. 세금도 내야 했다.

어른이 없는 삶은 그런 거였다. 그 모든 것들이 숙제처럼 어깨에 얹혀 있다면 견딜 수 있을지 자신이 없었다. 얼굴에서 물이 뚝뚝 떨어지는 채로 근호가 방으로 들어왔다.

– 형은 새벽 다섯 시에 와. 그 전에는 나가야 해.

근호는 더러운 이불을 내려서 누웠다. 내가 자든지 말든지 신경 쓰지 않는다는 태도였다. 나는 근호가 잠이 들기 전에 물었다.

– 저기, 궁금한 게 있는데 물어봐도 돼?

– 뭔데?

– 왜 쇼핑몰에서 일하는 거야?

– 그냥.

– 엄마 아빠가 돈 안 줘?

– 그딴 거 안 받아.

근호가 눈을 감은 채로 물었다.

– 너 나 보러 쇼핑몰에 오는 거냐?

– 무슨 소리야?

– 매장 누나들이 그러던데. 네가 나 좋아하는 것 같다고.

– 그래서 기분 나빴어?

최근호는 싫다는 건지 좋다는 건지 대답이 없었다. 그게 그날 나눈 대화의 전부였다. 나는 그날 거의 밤을 새다시피 했다. 더러운 이불을 덮고 벽에 기대어 졸고 있는데 근호가 깨웠다.

– 이제 가. 형 올 시간이야.

근호네 집에서 나와 거리를 걷다가 첫 지하철을 타고 학교에 갔다. 수업 시간에 엎드려서 자다가 세 번이나 지적을 받았다.

근호와 나는 사귀는 것도 아니고,

사귀지 않는 것도 아니야.

그렇다고 친구도 아니고.

뭐가 뭔지 모르겠어.

가끔 감자튀김 같은 걸 방에 놓고 같이 먹기도 해.

이야기를 많이 하는 것도 아닌데, 같이 있으면 편안해.

내가 생각해도 정말 웃기다.

그런데 근호를 보면 이상하게 마음이 답답해지기도 해.

보고 싶기도 하고, 내 마음 나도 잘 모르겠어.

집에 들어가지 않는 날이 많아졌다. 성적이 곤두박질쳤지만 될 대로 되라 싶었다. 최근호를 만나러 가는 날도 늘었다. 이제 가게에 가면 몇 마디씩 말도 했다. 같이 일하는 언니들하고도 친해졌다. 집에도 가끔 놀러 갔다. 근호는 집에 도착하면 씻자마자 쓰러져 잤고, 가끔 잠이 안 올 때는 축구공을 들고 집 앞 공터로 나갔다. 벽을 맞고 돌아오는 공을 다시 차는 것을 지루할 정도로 반복했다. 말은 거의 없었다. 졸라서 알아낸 몇 가지 사실이 근호에 대해 아는 전부였다. 부모님이 이혼한 뒤 쉼터에 살았다는 것, 쉼터에서 만난 형과 친해져서 독립할 수 있었다는 것, 축구를 좋아하고 계속하고 싶지만 돈도 여력도 없다는 것, 엑스몰에서 일해서 돈을 받는 건 아니지만 형이 힘들까 봐 일을 도와주고 있다는 것 등이었다. 근호는 사귀자는 말도 놀러 오라거나 오지 말라는 말도 하지 않았다. 그냥 내가 가면 왔나 보다 하고 마는 식이었다. 지독하게 무뚝뚝한 아이였다. 말이 없는 게 편할 때도 있었다.

근호네 집에는 커다란 철제 책상이 있었다. 전 주인이 쓰다가 놓고 간 거라고 했다. 어찌나 큰지 그것만 빼도 방이 두 배로 커 보일 것 같았다. 그 책상에는 서랍이 세 개 있는데 열어 보면 한 십 년은 정리하지 않은 것처럼 온갖 잡동사니가 얽혀 있었다. 서랍 하나에는 속옷만 입은 여자들이 야한 자세로 서 있는 잡지가 세 권이나 들어 있었다. 있던 자리에 그대로 두었다. 형이 보는 걸까 아니면 근호가 보는 걸까, 물어보고 싶었다.

하루는 근호가 자기 집 앞 계단에 앉아 있었다. 인사하는 나에게 검지를 입술에 대며 조용히 하라는 시늉을 해 보였다. 나는 발소리를 줄이고 근호 옆에 앉았다. 집 안에서 여자의 웃음소리가 크게 들려왔다. 같이 사는 형인 듯한 남자의 말소리도 간간이 들려왔다. 형이 가끔 여자친구를 데려와. 근호가 말했다. 안에서 일어나는 일을 상상해 보려고 했다. 나는 근호에게 물었다.

- 너 여자친구 사귀어 본 적 있어?

- 알아서 뭐하게!

근호가 면박을 주었다. 나는 내친 김에 물었다.

- 너 혹시 나 좋아해?

- 몰라. 그런 거.

내 질문이 당황스러웠는지 근호는 딴청을 피우더니 괜히 하늘만 바라봤다. 나도 별도 없는 검고 깊은 하늘을 바라보았다. 얼마 지나지 않아, 근호는 앉은 채로 꾸벅꾸벅 졸기 시작했다. 몸을 웅크린 채 깊게 잠든 근호를 한참 동안 바라보았다.

6

오늘 혜지라는 애랑 노래방에 갔어.

최근에 유튜브에 걸스힙합을 추는 영상을 올려서 조회수가

만오천 번까지 올라갔대.

나도 봤는데, 교복 치마에 몸에 딱 붙는 트레이닝 점퍼를 입고

클럽댄스를 추는 동영상이었어.

솔직히 왜 인기 있는지 잘 모르겠어.

그냥 미친 듯이 흔들기만 하던데.

— 이제, 2학년! 영주가

　2학년 반 편성은 최악이었다. 같이 놀던 애들은 다른 반으로 뿔뿔이 흩어졌다. 여전히 학교가 끝난 뒤에 모여서 놀긴 했지만 김이 빠졌다. 수아와는 여전히 다른 반이었지만 미경과 한 반이 되었다. 그사이 어색해져서 말은 거의 하지 않았지만 아는 얼굴이 있다는

건 반가운 일이었다.

　같은 반이 된 애들 중에 조혜지라는 애가 있었다. 1학년 때 친구의 친구여서 간혹 어울렸는데 어딘지 거슬렸다. 어렸을 때 아이돌이 되려고 연예인 기획사에서 잠깐 트레이닝 받은 걸 자랑처럼 떠벌리는 것도 싫었다. 담배를 피우면서 끊임없이 침을 뱉었고, 복도에서 누구랑 살짝만 부딪혀도 졸라 짜증 나! 하고 신경질을 부렸다. 처음에는 튀고 싶어 안달하는 애 정도로만 생각했다.

　혜지는 예전부터 내 주변을 알짱거렸다. 어느 날 나랑 친구들에게 햄버거를 사면서 한참 전부터 친하게 지내고 싶었다고 했다. 다른 아이들이 화장실에 가고 나와 둘만 남았을 때, 혜지가 진지한 목소리로 물었다.

　- 너 몸무게 몇 킬로그램이나 나가니?

　- 그건 왜?

　- 나도 너만큼 빼려고. 화장품은 어디서 사? 옷은?

　- 그냥 엄마가 사다 주는 거 입어. 나는 잘 안 사.

　- 혹시 코 세웠니? 어디서 했어?

　- 안 했어.

　- 했잖아. 눈은? 눈도 한 거 아니야?

　당황한 티를 내지 않으려고 나름대로 애썼지만, 내 목소리는 내가 들어도 좀 딱딱했다.

　- 아무것도 안 했어. 날 때부터 이렇게 생겼어.

　- 와, 너 지금 잘난 척한 거야? 날 때부터 예뻤다고?

혜지는 진짜 좋겠네, 하고 비꼬듯이 말했다. 그리고 화장실에 다녀오는 아이들한테 표정을 싹 바꿔 살가운 웃음을 보였다. 혜지는 날 곁눈질하면서 콜라를 빨대로 쭉 빨았다. 그 교활해 보이는 얼굴을 잊을 수가 없다.

그 뒤로도 혜지는 신경에 거슬렸다. 내가 오면 다른 아이들의 팔짱을 양쪽으로 끼고 다른 데로 가 버린다든지, 이야기를 하다가도 내가 나타나면 멈춘다든지 하는 식이었다. 하루는 참지 못하고 혜지한테 말했다.

- 너 나한테 불만 있어? 있으면 제대로 말로 할래?

- 내가 왜 너한테 불만을 가져? 너야말로 나한테 왜 이러는데?

그때부터 혜지가 눈에 보일 때마다 짜증이 났다. 뭔가 딱히 꼬집을 수는 없지만 교묘하게 나를 따돌리는 느낌이었다. 최악인 건 다른 아이들은 혜지를 좋아한다는 것이다. 혜지랑 있으면 연습생 시절에 만난 잘생긴 오빠들도 데려오고 재미있다고들 했다.

한 번은 약속 장소에 조금 늦게 도착했더니 아이들이 내 이야기를 하고 있었다. 혜지의 목소리였다.

- 영주 걔, 초등학교 때 자기가 길거리 캐스팅될 뻔했다고 이야기하고 다니더라.

- 그걸 자기 입으로 말하고 다녀? 쪽팔리게.

- 혜지 너야말로 연예인 할 뻔했던 거 아니야?

- 예전에 트레이닝 받았지. 걔처럼 길거리 캐스팅되어서는 연예인하기 힘들어. 그런 것도 모르면서, 좀 웃기다.

초등학교 때 왕따를 당하기 전에도 이런 식이었다. 내가 안 보이는 데서 수군거리는 것. 딱 질색이었다. 가슴이 두근거렸다. 그때처럼 당하지 않겠다고 생각했다. 걔네들이 나를 버리기 전에 내가 걔네들을 버리겠다고 다짐했다. 게다가 지금 나에게는 수아가 있으니 그때처럼 완전히 혼자는 아니었다.

그날 집에 가서 비밀노트를 썼다. 같이 놀던 애들하고 절교할 거라고, 다시 예전처럼 수아 너랑만 있고 싶다고.

> 같이 놀던 애들한테 절교 선언할 거야.
>
> 걔네들 진짜 유치하고 짜증 나.
>
> 다시 너랑 미성이랑 같이 놀고 싶어. 너희랑 같은 학원 다녀서
>
> 성적도 올릴 거야.
>
> 가끔 정류장 근처 떡볶이집에도 가자.
>
> 기념으로 이번에 가는 거 어때?
>
> 그 집 메뉴에 '마약 튀김'도 추가되었는데 완전 맛있어!
>
> 내가 쏠게! 같이 갈 거지?
>
>
> ― 중대 결심을 한 영주가

그때까지만 해도 나에게는 나락으로 떨어지지는 않을 거라는 희망이 있었다. 수아가 있으니까.

하지만 다음 날 내 기대는 산산조각이 났다.

수아는 내가 없는 사이 비밀노트를 가방에 넣어 두었다. 나는 노트에 씌어 있을 말들을 상상했다. 당연하지, 우린 영원한 친구니까. 그딴 친구들하고는 놀지 마. 수아라면 이런 말을 해 줄 거라고 생각했다. 펴는 순간 빼곡하게 수아의 글씨만 보였다. 그런데 좀 이상했다. 평소보다 흘려 썼고 여기저기 글이 흩어져 있었다. 뭔가 실수가 있다는 생각을 하면서 노트를 몇 장 들춰 보았다. 한 문장에서 눈길이 멈췄다.

이영주, 나랑 비밀노트 그만 쓰고 싶어.

노트를 덮었다. 다시 펴 볼까 말까. 결국은 호기심이 이겼다 겉은 비밀노트와 비슷했다. 하지만 자세히 보니까 미묘하게 선 색깔과 낡은 정도가 달랐다. 훨씬 손때가 타고 모서리가 닳아 있었다. 문득 비밀노트를 사러 갔을 때 같이 산 노트라는 걸 깨달았다.

나는 수업이 시작되는 것도 아랑곳하지 않고 교과서 아래 노트를 깔고 첫 장부터 읽어 내려가기 시작했다. 노트에는 내 이야기만 있는 건 아니었다. 그날 학교에서 있었던 이야기를 일기처럼 써 내려가기도 하고, 사고 싶은 옷이나 가방 따위를 몇 장에 걸쳐 그려 놓기도 했다. 자기 외모에 대한 불만이나 나중에 성형수술을 받을 계획을 써 놓기도 했다. 수아에게서 전혀 들어 보지 못한 이야기였다. 노트에는 나에 대한 이야기가 꽤 많았는데, 뒤로 갈수록 점점 늘어났다. 나와 관련된 이야기가 나올 때마다 가슴속에서 지뢰가 터지는 기분이었다.

이영주, 너 따위 나한테 필요 없어.

넌 항상 사랑받고 살겠지. 그치만 모두가 널 좋아하는 건 아냐.

이영주 자기 자랑 듣는 것 정말 지겹다. 왜 걔는 자기 이야기

밖에 할 줄 모를까.

노트 속 수아는 내가 평소에 알던 수아와 달랐다. 항상 내 말을 들어주고 잘 대해 주는 모습이 평소의 수아였다면 이 노트는 그 정반대의 모습만 모아 놓은 것 같았다. 《지킬 박사와 하이드》에서 '하이드'를 보는 것처럼.

수업이 끝날 때까지 나는 노트에서 눈을 떼지 못했다. 수업 시간 내내 선생님이 하는 말은 귀에 들리지도 않았다. 옆에 앉은 애가 흘깃 쳐다보는 걸 깨닫고서야 내가 울고 있다는 걸 알았다. 마침 종이 울렸다. 눈물을 닦고 노트를 어떻게 할지 생각했다. 수아에게 보여 주며 진심이냐고 물을까, 노트를 집어 던지면서 그동안 나한테 친절하게 대한 건 다 가식이었느냐고 따질까. 결국 나는 아무것도 하지 않았다. 가방에 다시 노트를 넣고, 쉬는 시간에 밖으로 나갔다. 마치 아무것도 보지 못한 것처럼.

자리에 돌아왔을 때 원래 있던 노트는 사라지고 없었다.

수아가 비밀노트를 준 것은 다음 날이었다. 수아는 늦었지. 미안! 하고 비밀노트를 내밀었다. 이번에는 틀림없이 여섯 번째 비밀

노트가 맞았다. 어제 본 건 수아의 일기였다. 다시 한 번 수아에게 따지고 싶은 마음이 치솟았다. 하지만 쉬는 시간은 끝나 가고 있었고, 당장은 어떻게 말해야 할지 생각이 나지 않았다.

- 혹시 학교 끝나고 시간 있어?

- 무슨 일 있어?

- 오랜만에 떡볶이나 먹으러 가자고.

수아가 돌아간 뒤, 비밀노트를 펼쳐 보았다. 평소대로 반듯한 글씨로 쓴 한 장 남짓한 수아의 글이 있었다. 도서실에 오는 애들이 책을 보고 아무 데나 꽂아 놓아서 짜증 난다느니, 기말고사 기간이 얼마 안 남아서 주말에 학원 보충을 한다느니, 평범한 이야기들뿐이었다. 지금 어울리는 아이들과 절교할 거라고 한 내 글에 대해서는 아무런 언급도 없었다. 다시 같이 놀자거나 학교 끝난 뒤에 집에 같이 가자고 하지도 않았다. 혼란스러웠다. 어디까지가 진심이고, 어디까지가 거짓일까. 어제 수아의 일기를 본 이상 어떤 말도 믿을 수 없었다. 나는 노트를 통째로 찢어 버리려고 있는 힘껏 힘을 줬다. 하지만 두꺼운 노트는 살짝 구겨질 뿐 찢어지지는 않았다. 그때 내 손에 칼이나 가위가 있었다면 싹둑싹둑 잘라 버렸을 것이다. 옆에 앉은 아이가 날 이상하다는 듯 쳐다봤다. 나는 노트를 가방 안에 던져 버렸다.

며칠 뒤에 수아와 정류장 근처 떡볶이집에 갔다. 둘이서 그곳에 간 건 오랜만이었다. 일기장을 보았다는 이야기는 하지 않았다. 내 성격대로라면 이미 몇 번은 따졌어야 했다. 수아의 일기장에 적혀 있던 글들이 며칠 동안이나 계속해서 떠올랐다. 하지만 사실 두려 웠다. 수아마저 나를 싫어한다고 할까 봐 겁이 났다.

결국 나는 수아에게 일기장 이야기를 꺼내지 못했다. 대신 이렇 게만 물었다.

- 너, 나 미워한 적 있어?

수아는 당황하는 듯 보였지만 결국은 나를 미워한 적이 있다고, 티내지 않았을 뿐이라고 고백했다.

- 그냥 가끔, 넌 네 위주로만 행동해. 상대방 기분은 어떨지 생각 안 하잖아.

수아는 포크로 집었던 떡볶이를 내려놓으면서 다시 말했다.

- 나도 알아. 너는 늘 별 뜻 없이 하는 행동이라는 걸. 하지만 다 른 애들은 모를 거야. 그냥 네가 잘난 척한다고 생각할 거야.

수아는 괴롭다는 듯 망설이면서 말했다.

- 비밀노트도 항상 난 듣고, 너만 말하는 느낌이야.

- 너도 네 이야기하면 되잖아.

- 넌 내 말에 하나도 관심 없잖아. 내가 도서부 같이하는 친구 이름 알아? 전교 석차 이십 등이나 올랐다고 했을 때도 너는 아무 대꾸도 없었어. 왜 나만 네 얘길 들어야 해? 나는 상처받았어. 그동 안 줄곧.

혼란스러웠다. 대체 내가 어떤 상처를 줬다는 거지? 뭔가 단단한 것으로 머리를 맞은 기분이었다. 내 앞에 있는 건 전에 내가 알던 수아가 아니었다. 수아는 자기 기분을 이렇게 분명하게 말한 적이 없었다.

- 그럼 섭섭할 때 왜 이야기 안 했어?

- 영주야, 다른 애들은 그냥 알아. 그걸 어떻게 일일이 가르쳐 주니? 내 생각에는 너만 그걸 모르는 거 같아.

수아와 헤어지고 그날 밤 근호를 만나러 엑스몰에 갔다. 일하고 있는 근호를 불러내 햄버거 가게로 갔다. 햄버거가 나오자마자 근호는 빨리 들어가야 한다며 햄버거를 입안에 쑤셔 넣기 시작했다. 누군가와 이야기를 하고 싶던 나는 발끈하고 말았다.

- 어차피 니 돈 받고 일하는 것도 아니잖아. 일한 거 다 형이 받잖아.

- 형이 받는 돈이 내 돈이지. 형한테 용돈 받으니까.

- 너네 형, 너한테 일 맡기고 여친이랑 놀러 다니는 거 아니야? 너 요즘 학교도 안 다니지? 네 축구공 다 떨어졌는데 형이 새로 사 주지도 않잖아. 형이 조폭 된다는 거 사실이야?

근호가 햄버거를 내려놓고 나를 노려보다 변성기 때문에 굵어진 목소리로 말했다.

- 네가 뭘 안다고 그래?

나도 지지 않으려고 근호를 똑바로 바라봤다.

- 어차피 친형도 아니잖아.

내 말에 근호는 남은 햄버거를 한입에 우겨 넣더니 일어났다.

－ 벌써 가려고?

－ 너 이제 나 일하는 데 오지 마.

－ 무슨 소리야?

－ 귀찮아. 방해만 되고.

근호는 대답을 듣지도 않고 돌아섰다. 나는 근호의 등에 대고 소리를 질렀다.

－ 나는 너랑 잘 통할 수도 있다고 생각했어. 우린 비슷한 부분이 있다고 생각했는데.

－ 너랑 내가 비슷하다고?

근호가 멈춰 서더니 나를 노려보았다.

－ 너, 갈 데가 없어서 공원에서 노숙해 본 적 있어? 넌 언제든 갈 수 있는 집이 있고 가족도 있고 배고프면 밥 사 먹을 돈도 있어. 그냥 네 상황에 만족 못 하는 것뿐이잖아. 난 너랑 달라.

근호가 나한테 했던 말 중에 가장 긴 말이었다. 근호는 기름 묻은 손을 바지에 문지르며 밖으로 나가 버렸다.

햄버거 가게에서 나와 동대문을 발길 닿는 대로 걸어 다녔다. 막차를 타고 집에 들어갔더니 아무도 없었다. 꺼진 핸드폰을 켜는 순간 엄마와 아빠한테 번갈아 가며 문자가 날아왔다.

어디니? 집에 빨리 와라.

왜 핸드폰을 꺼 놨니?

영주야, 원태가 많이 안 좋아. 병원에 당분간 입원해야 한대.

집에 오면 전화해. 엄마 많이 걱정하고 있어.

바로 택시를 타고 병원으로 갔다. 심장 발작 이후에 숨을 못 쉰 시간이 너무 길다고 했다. 나쁜 일은 한꺼번에 일어났다. 병원으로 가는 길에 이런저런 생각이 떠올랐다. 어쩌다 이렇게 형편없는 누나, 형편없는 딸, 형편없는 중학생이 되어 버렸을까. 누군가 죽어야 한다면 동생이 아니라 내가 죽었으면 좋겠다고 생각하고 또 생각했다.

보조 침대에서 자다가 깬 엄마는 못마땅한 표정으로 나를 바라봤다.

- 뭐 하다가 이제 와?

엄마의 얼굴은 마음을 졸이고 잠을 못 잔 탓인지 핼쑥해져 있었다. 엄마는 나에게 줄 생각인지 사과를 깎기 시작했다.

- 원태는 어떻대?

- 고비는 넘겼다는데 아직 깬 건 못 봤어. 이제 말해 봐. 뭐 하다가 왔는지.

- 수아네 있다가 왔어.

- 그럼 왜 전화를 못 하니?

엄마가 저런 표정 짓는 걸 본 적이 있다. 아빠와 한참을 싸우다가 경멸을 담아 바라볼 때 짓는 바로 그 표정이었다. '내가 어째서 저런 못생기고 능력 없고 특별한 구석이라고는 하나도 없는 남자와 결혼했을까.' 하고 후회하는 표정이었다.

- 알아, 나도. 망했다고 생각하는 거.

- 무슨 말이야?

- 나한테 투자한 거 절대 못 뽑아낼 거야. 기대하지 마.

- 누구 핑계를 대는 거니?

- 괴물 보듯이 보지 말라고!

엄마는 내가 소리를 질러도 심드렁하게 사과를 다시 깎았다. 어떻게 해서든지 엄마에게 고통을 주고 싶었다.

- 자식도 버리고 갔던 주제에.

말을 하자마자 후회하기 시작했다. 아니 말하면서 이미 후회할 것을 알고 있었다. 그즈음 나는 사람들이 말하는 '나갔다 들어온 여자'의 의미를 이해하고 있었다. 하기만 참은 수가 없었다. 엄마는 화를 내지 않았다. 그냥 정지 화면처럼 가만히 있었다. 긴 껍질이 사과에 매달려 흔들거렸다. 나는 병실에서 나와 버렸다.

동대문에 가서 높은 건물을 바라보고 북적거리는 사람들 사이를 걷고 싶었다. 예쁜 액세서리와 옷을 실컷 보고 싶었다. 하지만 더는 그곳에도 갈 수 없었다. 나는 가장 빠르게 기분이 좋아질 만한 상상인 동생이 깨어나는 모습을 그려 보려고 애썼다.

그날 밤은 잠을 거의 자지 못했다. 밤새도록 뭐가 잘못된 건지 생각했다. 아이들은 모두 예고 없이 나를 떠났고, 이제 수아마저 등을 돌릴 것 같았다. 수아와 친해졌던 때가 생각났다. 소나기가 오던 날 처음으로 내게 우산을 씌워 주던 모습도 떠올랐다. 먼저 다가온 건 수아였다. 비밀노트를 쓰자고 하고 정류장까지 데려다주고 영원한 친구로 남자고 말한 것도 수아였다. 하지만 결국 수아도 마찬가지였다. 다른 아이들보다 연기력이 뛰어났을 뿐이다.

모든 사람이 나를 떠나가 버린 것 같은 기분이 들었다. 병원에서 뛰쳐나온 뒤로 나는 엄마와 만나지 않도록 피해 다녔다. 떡볶이집에서 만난 뒤로 수아와는 서로 연락을 끊었다. 학교에서는 여전히 혜지의 견제에 시달렸다. 근호는 줄곧 내 전화를 받지 않았다. 문자에 답장도 하지 않았다. 그러다가 딱 한 번 통화를 했는데, 형이 여자친구와 살겠다며 나가라고 해서 쉼터를 알아보는 중이라고 했다. 그사이 겪은 일이 많은지 지친 목소리였다. 더는 근호에게 연락할 구실을 찾지 못했다.

불현듯 깨달았다. 아무도 나를 좋아하지 않는다는 사실을 말이다.

어느 날 가게에 나갔더니 영원쥬얼리에서 'ㄴ'이 떨어져 나가 '영워쥬얼리'가 되어 있었다. 하필이면 동생의 이름이 떨어져 나가서 나쁜 상상을 하게 되었다. 낡고 더러운 간판을 보고 있자니 대체 무슨 생각으로 우리 이름을 간판에 넣은 걸까 싶었다. 가게가 망하면 우리도 함께 망해 버릴 것만 같았다.

엄마와 아빠는 번갈아 가면서 병원에서 잠을 잤다. 간판도 고치고 갈라진 건물 외벽도 수리해야 했지만 부모님은 무언가를 할 여력이 없었다. 엄마는 더는 구두를 신지 않았고 화장도 하지 않았다.

병원에서 돌아와 집에 있을 때는 낡은 소파에서 꼼짝도 하지 않았다. 그래도 매니큐어는 여전히 포기하지 않은 듯 보였다. 소파에 쓰러져 자고 있는 엄마를 보고 있자면 안쓰러웠지만, 매니큐어가 발라진 손톱을 보면 기분이 나빠졌다. 이런 상황에도 저걸 바르고 있다니! 매니큐어를 바른 게 잘못도 아닌데 화가 치솟았다.

동생은 아프면서도 계속 자랐다. 잠을 잘 때 키가 큰다더니, 이제 키가 나와 거의 비슷했다. 동생은 일 년 만에 칠 센티미터가 컸고, 자고 일어나면 무릎이 아프다고 말했다. 가끔 땀을 흘리며 잠든 동생을 보면 뼈가 자라는 소리가 들리는 것만 같았다. 아빠를 닮았던 동그란 얼굴은 사라지고 엄마처럼 오밀조밀하고 예쁘장한 얼굴로 바뀌었다. 나는 엄마가 서랍장에 두고 간 매니큐어를 꺼내 창백한 동생의 손에 발라 주고는 했다.

어렸을 때 읽은 동화가 떠올랐다. 쌍둥이 형제 중 동생이 죽을 때가 되었는데 저승사자가 왔다가 누굴 데려가야 할지 헷갈렸다. 이름표가 달린 윗도리를 보고 데려갔는데 알고 보니 형이 대신 죽으려고 동생 이름표를 달고 잠이 든 거였다. 형제의 우애에 감동한 저승사자가 둘 다 살려 주었다는 이야기였다. 만약 우리 둘 중 한 명이 죽어야 한다면, 그건 나여야 한다. 병실 입구 아크릴판에 끼워진 동생의 이름표를 꺼내 주머니에 넣었다.

죽는다는 건 어떤 걸까? 어떤 기분일까?
어떤 방법으로 죽는 게 그나마 편할까.

166

나, 요즘 죽고 싶다는 생각 많이 해.

아니, 그냥 사라지고 싶다는 느낌? 설명을 잘 못 하겠다.

— 우울증일까? 영주가

수아를 만나고 며칠이 지난 어느 날이었다. 혜지가 다가오더니 뭔가를 던졌다. 내 머리를 맞고 팔랑거리며 바닥으로 떨어진 것은 수아와 내가 최근에 주고받은 비밀일기였다. 짧은 순간에 여러 가지 생각이 스쳐 지나갔다. 상황을 파악해 보려고 했다. 수아에게 비밀노트를 받은 뒤, 나는 한동안 그걸 그냥 가지고 있었다. 원태가 아파서 신경 쓸 겨를도 없었다. 실수로 교실에 떨어뜨린 걸까. 혜지가 기가 막힌다는 듯이 눈을 치켜떴다.

– 너, 완전 가식이더라? 우리랑 절교하고 싶다고?

나는 아무 말도 하지 않았다. 다른 아이들도 한마디씩 보탰다.

– 완전 쌍년이네.

– 남자한테는 완전 들이댔더라?

– 동대문에 사는 남자네 집에 가서 자기도 했다며? 동거라도 하는 거 아냐?

초등학교 때 애들이 날 둘러쌌던 모습과 같았다. 이건 공놀이 같은 거였다. 무작위로 공을 주고받는 놀이. 어느 순간 나한테 공이 왔다. 그걸 누군가에게 던지지 않는 한 들고 있어야 한다. 하지만 당장은 그걸 던질 마음이 들지 않았다. 이번에도 그냥 피식 웃을 뿐이었다.

혜지는 득의양양해졌다. 나에 대한 소문은 제멋대로 불어났다. 혜지가 말을 만들면 다른 아이들이 살을 붙였다. 그리고 대부분의 아이는 그 소문을 믿었다. 한때 나와 친하게 지냈던 아이들도 그랬다. 내 편은 없었다. 한 반이지만 이미 멀어져 버린 미경은 이제 내게 관심도 없었다. 수아는 얼굴조차 볼 수 없었다. 어떻게 비밀노트가 혜지의 손에 들어간 걸까. 생각해 봐야 소용없는 일이었다. 딱한 번, 수아에게 들키고 싶지 않은 모습을 들켜 버렸다. 애들 앞에서 무릎을 꿇고 있을 때 지나가던 수아가 나를 보았다. 수아는 못본 척 가 버렸다. 마음속의 뭔가가 툭 하고 떨어지는 기분이었다.

혜지와 아이들은 비소고, 욕하고, 띠저 댔다. 무릎을 꿇게 하고 책이 가득 든 가방으로 머리를 내리쳤다. 책상 위에 온통 침을 뱉어 놓았다. 교과서 겉면에 내가 아는 모든 욕을 적어 놓았다.

괴롭힘을 당하는 몇 개월 동안 나는 교과서는 어디에서 새로 살수 있는지, 찢어진 교복 치마는 어느 수선집에 가면 감쪽같이 고쳐 입을 수 있는지 알게 되었다.

나는 그냥 참고, 또 참았다. 화도 나지 않았다. 아이들이 나를 괴롭히면 괴롭힐수록 정말 내가 뭔가 잘못한 것 같은 기분이 들었다. 왕따 유전자가 있다는 건 사실이었다. 모두가 나를 미워했다. 초등학교 때도, 중학교 때도 내가 아는 모든 아이가 결국 나를 싫어하게 되었다. 근호도, 미경도, 모든 아이에게 친절한 수아마저도 날싫어했다. 그러니까 나는 아이들에게 괴롭힘을 받아도 마땅한 구

제불능이었다. 엄마도 나를 미워했다. 아무리 생각해 봐도 아픈 건 동생이 아니라 나여야만 했다.

초등학교 때 전학을 갔던 것처럼 이 모든 상황에서 벗어날 방법이 생기기를 기도할 수밖에 없었다. 그 방법을 며칠 뒤 스스로 생각해 냈다. 혜지와 아이들이 내 머리에 껌을 뱉은 날이었다. 혜지는 여느 때처럼 나를 괴롭힐 새로운 방법을 생각해 냈다. 아주 재미있는 일이라는 듯이 날 무릎 꿇리고 머리에 씹던 껌을 뱉었다. 껌은 정수리에 붙었고, 다른 아이들도 마치 다트의 중심을 노리듯이 정수리를 향해서 껌을 뱉었다. 나는 머리에 껌을 붙인 채 집으로 갔다.

그즈음 나는 스위스 칼을 주머니에 넣고 다녔다. 가끔 주머니에 손을 넣고 만지작거리면 마음이 편해졌다. 여차하면 죽든지 죽여 버리든지 하자, 막연히 그렇게 생각하면 모든 게 견딜 만해졌다.

가는 내내 주머니에 있는 스위스 칼을 생각했다. 텅 빈 집에 도착해서도 스위스 칼을 꺼내 놓고 한참을 바라보았다. 칼을 집어들고 화장실에 들어가 머리카락을 잘라 내다가 그 칼의 다른 용도를 생각해 냈다. 욕조에 들어가 그 칼의 다른 용도를 실행하는 데까지 한 시간쯤 걸렸다.

칼로 손목을 긋던 순간이 떠오르자 아물기 시작한 상처에서 통증이 느껴졌다. 이제 막 다 읽은 두 권의 비밀노트가 내 앞에 있다. 쓰레기 더미 위로 노트를 던져 버렸다. 그중 한 권이 튕겨져 나와 내 발치로 떨어졌다. 펼쳐진 면으로 수아의 동글동글한 글씨체가 보였다.

'우리 중학생 때도, 아니 평생 동안 친하게 지내자.'

초등학교를 졸업하기 직전에 수아가 쓴 글이었다. 나는 마지막으로 딱 한 번만 울기로 했다. 엄마가 들을까 봐 이불 속에 얼굴을 묻고 울었다. 더는 눈물이 나오지 않을 때까지 울고 나니까 후련했다.

네가 먼저 나를 봤을 줄은 몰랐어. 우리, 운명인 걸까?

처음 네가 교실에 밀어 들어오딘 순간,

처음으로 나에게 말을 걸었던 순간,

처음으로 같은 우산을 썼던 순간,

비밀노트를 사러 간 모든 순간이 나에게는 너무 특별해.

우리 중학생 때도, 아니 평생 동안 지금처럼 친하게 지내자.

어떤 일이 생겨도 떨어지지 않는 거야.

— 너의 소중한 친구, 수아가

때마침 엄마가 오 분 안에 핸드폰이 해지될 거라고 알려 주었다. 수아는 아무 연락도 하지 않았지만, 나는 무엇인가 남기기로 했다. 핸드폰을 손에 들었다. 무슨 말을 해야 할까. 배신자, 거짓말쟁이,

이중 인격자라고 욕할 수도 있었다. 하지만 그러고 싶지 않았다. 수아를 용서하는 건 아니다. 상처를 잊은 것도 아니었다. 하지만, 우리가 친하게 지냈을 때 수아의 진심은 믿고 싶었다. 그러지 않으면, 나를 진심으로 좋아해 준다고 믿었던 내가 불쌍해지니까. 그래서 마지막 문자를 수아에게 보냈다.

그래도 즐거웠어, 비밀노트.

7

한국을 떠나는 날이었다. 엄마와 아빠는 아침부터 분주하게 공항에 갈 준비를 하고 있었다. 빵으로 아침을 때우고 세수를 하려고 화장실에 들어갔다. 세면대 거울 옆에서 원태가 붙여 놓았던 캐릭터 스티커를 발견했다. 짐 정리를 하면서 예전의 흔적은 모두 사라졌다고 생각했는데, 공룡 모양의 작은 스티커가 반가웠다. 나는 스티커를 만져 본 뒤 찬물로 얼굴을 씻었다. 엄마가 부르는 소리가 들렸다.

- 빨리 옷 입어. 세 시간 전에는 공항에 도착해야 해.

감상에 젖어 있을 틈이 없었다. 옷을 껴입고 아직 짧은 머리카락 위에 동생이 쓰던 야구 모자를 눌러썼다. 마지막으로 방을 한 번 둘러보는데 며칠 전 던져 놓은 비밀노트가 눈에 들어왔다. 이곳에 버리고 떠나면 내 지난 이 년 동안의 기억이 이대로 버려질 것이다. 나는 엄마한테 말했다.

- 잠깐만, 다녀올 데가 있어.

엄마가 어딜 가느냐고 묻는 소리를 뒤로하고 집 앞 우체국으로 뛰었다. 수아가 살고 있는 빗물펌프장 이름을 써서 비밀노트를 보냈다. 괜한 짓인가, 잠깐 생각했지만 의외로 후련해졌다.

수속을 마치고 오른 비행기 안에서 우리 가족은 별로 말이 없었다. 엄마가 이를 제대로 못 닦았다며 껌을 꺼내서 입에 넣고는 나한테도 내밀었다. 그러고 보니, 머리카락 사건이 있고 난 뒤 처음으로 씹는 껌이었다. 나는 엄마에게 손을 내밀었다.

- 한 개만 더 줘. 아니 통째로 줘.

나는 껌 다섯 개를 입에 넣었다. 엄마가 그런 나를 이상하게 봤다. 자일리톨 향이 입안에 가득 찼다. 턱이 좀 아팠지만, 최선을 다해서 씹었다. 뻣뻣했던 껌은 금세 말랑말랑한 덩어리가 되어 이에 가볍게 붙었다가 떨어졌다. 다시 껌 종이에 뱉어 보니 엄지손가락만 한 크기였다. 고작 이것밖에 안 되는데 죽으려고 했다니, 헛웃음이 났다. 나는 옆에 앉아 있던 엄마의 손을 잡았다. 엄마가 뭐 할 말 있느냐는 듯이 나를 보았다.

- 손톱이 이게 뭐야.

엄마는 짐 옮기느라 정신없었잖아, 하고 변명 아닌 변명을 했다. 나는 가방에 넣어 온 주황색 매니큐어를 내밀었다. 엄마가 버리려고 내놓은 매니큐어 상자에서 빼놓은 것이었다.

- 희망의 주황이야.

내 말을 들은 엄마가 매니큐어를 받더니 희미하게 웃었다. 나는 엄마, 하고 불렀다.

  - 나는 엄마보다 먼저 죽지 않을게. 절대로.

  엄마가 내 얼굴을 오랫동안 바라보았다. 그리고 내 손을 꽉 쥐었다.

  한참이나 활주로를 달리던 비행기가 날아오르기 시작했다.

미경

나는 키만 빼고는 뭐든지 늘 중간이었다.
공부도 중간이고 외모도 밋밋했다.
혼낼 것도 칭찬할 것도 없는
그야말로 어중간한 아이였다.

1

우연히 이영주를 닮은 여자애를 보았다. 사람들로 북적이는 광화문 광장에서였다.

마지막으로 본 지 이 년 만이어서 처음에는 못 알아봤다. 하지만 스치면서 본 뚜렷한 이목구비와 날렵한 콧대는 분명 영주의 것이었다. 허리를 꼿꼿이 세우고 미끄러지듯 걷는 모습을 보고 영주라고 확신했다. 영주는 몸집이 큰 흑인 여자와 이야기를 나누며 걷고 있었다. 무슨 즐거운 이야기를 하는지 허리를 젖혀 웃었다. 둘은 세종대왕 동상 쪽으로 걸어갔다. 영주를 쫓아가려는 나를 친구가 잡았다.

- 서미경, 너 어디가?

그제야 훈련이 끝나고 배구부 친구들과 밥 먹으러 가는 길이었다는 걸 깨달았다. 나는 아이들에게 먼저 가 있으라고 하고 영주와 꼭 닮은 아이의 뒤통수를 급히 따라갔다. 영주와 흑인 여자는 흰 티셔츠와 청바지를 입고 있었다. 간편한 옷차림인데도 군살이라고는 하나도 없는 영주의 몸매가 돋보였다. 키가 좀 큰 걸 빼고는 달라진 게 없어 보였다. 여전히 예뻤다. 둘이 도착한 곳은 파란색 파라솔과 간이 탁자가 있는 부스였다. '세이브더월드'라는 봉사 단체에서 나온 모양이었다. 부스에 기아로 고통받는 아프리카 어린이들의 사진이 놓여 있었다. 나는 광화문 광장을 드나드는 수많은 사람에 내 모습이 묻히기를 바라면서 그들을 지켜봤다.

부스에서는 십 대로 보이는 자원봉사자들이 후원을 권유하고 있었다. 지나가는 사람들에게 전단을 나눠 주기도 하고, 관심을 보이면 파라솔 안으로 이끌어 뭔가를 설명하기도 했다. 영주와 흑인 여자는 주로 외국인 관광객들을 맡은 듯했다.

다가가서 한마디만 불어보면 될 터였다. 너, 이영주 맞지? 하지만 차마 용기가 나지 않았다. 대신 거리가 좀 떨어진 맞은편 부스의 사람에게 다가가 물었다.

— 국제 봉사 단체에서 나오신 거죠?

봉사자 이름표를 단 여자가 미소를 띠며 말했다.

— 네, 아프리카 어린이들의 생활상을 알리고 후원도 부탁하고 있어요.

나는 영주가 있는 쪽을 보며 말했다.

— 봉사하시는 분들 중에 고등학생도 있나 봐요?

— 네, 저 친구들은 미국 고등학생이에요. 여러 나라 청소년 자원봉사자들이 세계를 돌면서 캠페인에 참여하고 있거든요.

— 저, 언제까지 여기 계세요?

내가 꼬치꼬치 묻자, 여자가 의아하다는 듯이 나를 쳐다봤다.

- 그게, 제가 이쪽에 관심이 있는데 지금은 시간이 없어서요.

더듬더듬 거짓말을 했다. 내 말을 들은 여자의 얼굴이 밝아졌다.

- 이번 주 토요일까지 있어요. 정오부터 오후 다섯 시까지요. 꼭 다시 오세요.

부흥분식으로 오라는 문자가 와 있었다. 분식집에 들어섰을 때는 훈련을 마치고 허기졌던 친구와 선배들이 이미 떡볶이 몇 접시를 해치운 뒤였다. 가을에 열리는 전국체전을 염두에 두고 하는 훈련이라 강도가 셌다. 우리 학교는 매년 전국 대회에서 상위권에 드는 배구 명문이다. 게다가 작년에 준우승을 해서 사기가 높았다. 나는 첫 출전이라 긴장이 많이 되었다.

우리가 들어오면 가게가 꽉 찬다며 단골 분식집 아줌마는 늘 우리를 반겼다. 키도 크고 몸집도 큰 만큼 많이 먹었다. 먹을 때면 영락없는 여고생들이었다. 옆에 앉아 있던 우리 학교 교복을 입은 여자애가 나에게 튀김 접시를 내밀었다.

- 이거 손도 안 댄 거예요!

거절할 틈도 없이 아이들은 분식집 밖으로 뛰쳐나갔다. 얼핏 본 아이의 얼굴이 발갰다. 간간이 친구들한테 받는 팬레터나 초콜릿, 선물이 여간 부담스럽지 않았다. 거절할 타이밍을 놓치고 접시를 들고만 있자, 옆에 있던 선배가 낚아채 갔다. 뭐해, 튀김 식어! 말이 끝나기가 무섭게 튀김 쟁탈전이 벌어졌다. 김말이가 분해되어 당면이 흩날릴 정도였다.

나는 아까 본 영주의 얼굴이 머리에서 떠나지 않아 평소처럼 신나게 먹을 수가 없었다. 수아 생각이 났다. 수아에게 말해 볼까? 영주를 본 것 같다고. 그럼 수아가 뭐라고 할까?

집에 가는 내내 연락할지 말지를 고민했다. 마지막으로 수아를 본 게 언제인지 더듬어 보았다. 영주가 죽었다고 알고 얼마 지나지 않아 우리 집이 다른 빗물펌프장 관사로 옮기게 되었을 때였다. 이사 가기 전 주말, 두 집 식구가 수아네 집에 모여 조촐하게 송별회를 했다. 대화가 없는 수아와 나를 보고 부모님들은 섭섭해서라고 생각했다.

- 동갑내기 친구가 있어서 미경이가 좋아했는데, 많이 아쉬운가 보네요.

- 수아야말로 미경이 덕분에 여기서 적응을 빨리 했는걸요.

엄마들이 말하는 동안 나는 계속 수아를 살폈다. 수아는 젓가락으로 반찬을 집는 시늉만 할 뿐 먹지도 말하지도 않았다. 나 역시 입맛이 없었다. 급기야 그런 우리를 엄마들이 의아하게 보기 시작했다.

- 너희 오늘 왜 이렇게 말이 없니? 싸웠니?

나는 기어들어 가는 목소리로 아니요, 하고 대답했다. 수아 아빠가 말했다.

- 그러고 보니 너 요새 계속 기운이 없는 것 같네. 미경이랑도 안 놀고, 영주 이야기도 안 하고.

영주의 이름이 나오자 조용하던 수아가 폭발했다.

- 영주는 이제 없어!

수아의 목소리가 날카로웠다. 다시 입을 꾹 닫아 버린 수아 대신 내가 대답했다.

- 영주가 자퇴를 했거든요.

내 말을 비웃듯이 수아가 듣자마자 날카로운 목소리로 말했다.

- 영주는 자퇴한 게 아니고 죽은 거야!

그렇게 말하고는 방으로 들어가 버렸다. 수아 엄마가 방문을 두드리는 동안, 나는 먼저 집으로 돌아와 버렸다.

핸드폰 메신저 창을 열었다. 수아의 메신저 프로필은 책 표지였다. 만나거나 연락하지 않을 뿐, 수아의 메신저는 수시로 확인했다. 훈련하고 집에 돌아가는 지하철에서, 침대에 누워 잠이 들기 전에 수아의 메신저를 보았다. 프로필 사진은 자주 바뀌지 않았다. 가끔은 얼굴도 보고 싶었지만 수아는 이런저런 책 표지를 주로 올렸다. 웹툰의 한 장면이나 고양이, 음식 사진 같은 걸 보고 수아의 일상을 짐작해 볼 때도 있었다.

나는 수아에게 문자를 보내기로 했다. 이런 걸 고민하고 있을 시간이 없었다. 영주는 토요일까지만 만날 수 있다. 배구를 하고 나서 배운 것 한 가지는 '타이밍'이었다. 아차, 하는 사이 공은 중력의 법칙에 의해 순식간에 바닥을 치고 만다. 늦기 전에, 바로 지금이라는 생각이 들 때 몸을 움직여야 했다.

수아야, 나야 미경이. 잘 지내?

답장이 온 건 삼십 분 뒤, 집에 도착할 때쯤이었다.

나야 잘 지내지. 연습은 잘하고 있어? 곧 전국체전이잖아.
얼마 전에 네 기사도 봤어. '차세대 배구 세터 유망주' 멋있더라.

수아가 전국체전에 대해 안다는 사실에 내심 놀랐다. 수아가 다니는 학교에는 배구부가 없는 데다가, 운동부가 아닌 고등학생들은 대부분 전국체전 같은 대회에 무관심했다. 설마 나 때문에 알게된 걸까.

응, 요즘 지옥 훈련 중이야. 나 혼자 기사 난 것도 아닌데 뭐.
기자 아저씨가 엄청 오버했더라.

얼마 전에 잡지에 나간 내 인터뷰를 본 모양이었다. 고학년 선배들이 주로 나오는 인터뷰였는데 어쩌다 나도 끼게 되었다. 인터뷰하는 것도 사진 찍는 것도 어색했는데 막상 잡지에 나온 걸 보니까 차세대 유망주니, 천재적인 감각이니, 하며 잔뜩 띄워 놓아서 더 민망했다.
문자를 주고받으니 마치 예전으로 돌아간 것 같았다. 하지만 수아에게서 그전 같은 발랄함이 느껴지지 않는 건 느낌일 뿐일까.

중학교 때 영주 사건이 있은 뒤에 우리 사이에도 공백이 있었다. 수아는 영주가 죽었다고 확신했고, 그날 이후 도서실에 틀어박혀 나오려 하지 않았다. 가끔 복도에서 마주치면 열 살은 더 먹은 것 같은 얼굴을 하고 있었다.

내가 배구부가 있는 여고로 진학하면서 우리는 얼굴 볼 일이 없어졌다. 그나마 부모님들끼리는 가끔 만났기 때문에 엄마를 통해서 수아 소식을 들었다. 사춘기인지 말이 통 없어서 수아 엄마가 고민한다는 이야기, 공부를 잘해서 전교에서 십 등 안에 든다는 이야기, 통통했던 볼살이 쏙 빠져서 아이 같던 예전 얼굴이 사라지고 아가씨 티가 제법 난다는 이야기도 들었다.

- 어릴 때는 그렇게 붙어 다니더니, 이젠 안 만나니?

엄마는 자주 물었다. 그때마다 나는 언젠가는 만나겠지, 하고 얼버무렸다.

우리가 멀어진 건 표면적으로는 내가 배구부에 들어간 뒤부터였다. 영주가 왕따를 당하기 시작할 즈음이기도 했다. 몇 달 뒤 영주가 자살했다는 소문이 돌았을 때, 수아는 함께 하남에 가 보자고 했다. 하지만 나는 매몰차게 거절했다. 그때 우리 사이는 다시 한번 멀어지고 말았다.

중학교 3학년 때 수아는 가끔 내가 체육관에서 연습하는 걸 보러 왔다. 하지만 나를 만나지 않고 가 버리고는 했다. 그때마다 수아가 영주네 집에 가 보자고 찾아왔던 때가 떠올랐다. 함께 영주를 찾으러 갔다면 지금처럼 멀어져 버리는 일은 없었을지도 모른다.

언젠가 다시 만날 거라는 건 알고 있었다. 단지 그때가 미뤄질 뿐이라고, 그렇게 생각했다. 하지만 둘만 만나 얼굴을 본 게 언제인지 기억도 나지 않는 데다가 문자도 거의 주고받지 않았다. 가끔은 다시 만났을 때 수아가 너무 변해 버려서 어색하면 어쩌지, 걱정이 들었다.

마지막으로 연락을 한 건 고등학교에 올라갈 즈음이었다. 먼저 연락해 온 건 수아였다. 고등학교에서도 배구를 계속할 거라는 이야기를 들었다며 응원한다고 했다. 가끔은 연락해도 되지? 하고 예전의 수아답지 않게, 아주 조심스럽게 묻기도 했다. 나도 연락하자고 했지만 막상 먼저 연락을 한 적은 없었다.

나는 수아에게 다시 문자를 보냈다.

토요일에 시간 되면 만날래? 할 말이 있어.

답장이 올 때까지 핸드폰을 노려보았다. 수아도 고민하는 모양인지 답장이 바로 오지는 않았다.

그러자. 너 생일도 곧 돌아오고.

곧 내 생일이라는 것도 잊고 있었다. 뭐라고 답장을 보낼지 말을 고르는데, 다시 한 번 수아에게 문자가 왔다.

선물은 기대하지 말고! ㅋㅋ 네 팬들이 준 초콜릿 몇 개만 가져와. 이 몸이 뒤늦게 키가 크려는지 당이 달린단다.

웃음기 섞인 수아의 답장에 예전으로 돌아간 것 같아 가슴이 떨렸다. 잠시지만 예전의 밝은 수아가 떠올랐다. 약속 장소는 내가 정했다. 우리가 살던 빗물펌프장 앞이었다. 이제는 나도 수아도 그곳에 살지 않지만, 다시 한 번 가 보고 싶었다.

> 미경이랑 집에 가는 길에 늘 네 이야기를 해.
> 미경이도 네가 연예인보다 훨씬 예쁜 것 같다고 하더라.
> 너처럼 특별한 아이와 친구가 되어서 기뻐
>
> — 두근두근, 수아가

토요일, 약속 장소에 한 시간이나 일찍 도착했다. 낮 열두 시, 광화문 광장에 영주가 나와 있을 시간이었다. 동네 주민들이 가벼운 차림으로 정릉천 가를 걷고 있었다. 나도 따라 걸었다.

약간 냄새가 나고 시시할 정도로 물이 말라 있는 건 여전했다. 그래도 나무가 잘 자라서 싱그러운 느낌이 들었다. 장마철을 제외하고는 물이 별로 없어서 무릎까지 바지를 걷고 건너도 될 정도로 만만한 개천이다. 처음 이사 왔을 때는 이 동네를 싫어했다. 어린아이의 눈에 정돈되지 않은 개천과 육중한 다리는 삭막한 풍경이었다.

고가도로를 떠받치고 있는 기둥에는 노란색으로 수량을 보여 주는 눈금이 그어져 있었다. 나는 그 눈금을 따라 물이 느리게 줄어들고, 늘어나는 걸 바라보고는 했다. 장마철이면 물이 차오르고, 아빠는 비상이 걸려 바빠졌다. 사무실에서 숙직을 하며 강우량을 지켜봤다.

한 번은 사무실로 아빠 심부름을 갔다. 사무실에는 낡은 흑백 그림 액자 두 개가 걸려 있었다. 묘사가 세밀해서 얼핏 보면 사진 같았다. 첫 번째 그림에는 다리가 끊어지고 소가 물에 떠내려가고 있고, 두 번째 그림에는 사람들이 무너진 집을 바라보며 주저앉아 있었다. 두 그림 아래에는 '을축년(1925년) 대홍수'라고 적혀 있었다.

— 우리나라에서 있었던 사상 큰 홍수야. 물이 서덩세 무서운 거란다.

아빠는 그 그림들을 보면서 다시 입을 열었다.

— 평소에는 소리 없이 흘러가다 갑자기 얼굴을 바꾸거든. 한번 물이 불어나기 시작하면 집이고 사람이고 인정사정없이 쓸고 가 버린단다.

그래서 장마나 홍수 때 넘쳐 난 물이 사람들이 사는 저지대를 덮치지 못하도록 빗물펌프장이 있는 거라고 했다. 바뀐 아빠 사무실에는 액자가 하나도 걸려 있지 않다. 하지만 지금도 가끔 그 그림이 선명하게 떠오르곤 한다.

빗물펌프장은 주택가가 몰려 있는 쪽과는 거리가 있었다. 동네에 친구가 없어서 학교가 끝나면 거의 혼자 놀았다. 학교에도 친구가 별로 없었다. 아침마다 학교에 가기 싫다고 울기도 했다. 혼자서 정릉천을 따라 걷다가 저 물이 넘쳐서 학교에 갈 수 없게 되면 좋겠다는 생각을 수도 없이 했다.

이곳이 좋아진 건 수아가 이사 온 뒤였다. 엄마한테 동갑인 아이가 이사 올 거라는 이야기를 들은 날 저녁, 한 여자아이가 우리집 문을 두드렸다.

– 너가 미경이니?

동글동글한 인상의 여자애가 생글거리면서 말했다.

– 너 서린초등학교 3학년 2반이지?

– 응.

– 잘됐다! 나도 2반이야. 앞으로 학교에 같이 가자.

진심으로 기뻐하는 표정으로 내 팔짱을 끼었다. 내 생활이 달라질 것 같은 예감이 들었다.

그 뒤로 수아와 학교에 함께 가고, 집으로 함께 돌아오면서 정릉천은 내게 전과는 다른 공간이 되었다. 개천을 따라 걷는 일이 행복했다. 수아는 학교에서 있었던 일, 집에서 있었던 일을 끊임없이 늘어놓았다. 나와 달리 수아는 말을 잘했다. 나는 말을 하다 보면 원래 의도는 잊어버리고 오래 끓인 라면처럼 뚝뚝 끊겨 버리기 일쑤였다. 그럴 때면 진땀이 나면서 어디론가 숨고 싶어졌다. 그래서 입을 다무는 편을 택했다. 수아는 몇 시간이고 끊이지 않고 말을 했고, 한순간도 듣는 사람을 지루하게 하지 않았다. 그래서 수아는 말하고, 나는 들었다.

수아는 학교에서도 인기가 많았다. 반장이 되어 숙제도 걷고 학급 회의도 진행하느라 바쁜 데다가 늘 친구들로 주변이 북적거렸다. 통통한 볼과 웃을 때 눈꼬리가 내려가는 반달눈이 보는 사람을 웃게 만들었다. 아이들은 마치 곰 인형을 다루듯이 수아의 볼을 늘리면서 재밌어했다. 반면 나는 반에서 키가 가장 크다는 걸 빼고는 별다른 특징이 없는 아이였다. 학급 게시판의 높은 곳에 무언가를 걸어야 할 때를 제외하면 아이들이 나를 찾는 일은 드물었다. 그래도 수아의 단짝이라고 하면 다들 내 이름을 떠올렸다. 수아는 다른 아이들에게 둘러싸여 있다가도 막상 짝지어서 뭔가 해야 할 때는 늘 나를 찾았다. 그리고 무엇보다도 우리는 항상 학교에 함께 오고, 집으로 함께 돌아갔다. 다른 반이 되더라도 쭉 그랬다.

학교에서 나는 수아의 여러 친구 중 한 명일뿐이었다. 하지만 정릉천을 걸을 때만은 달랐다. 수아는 나에게 학교에서 있었던 일, 친구들 사이에서 있었던 일을 다 털어놓았다. 학교에서 뭔가 신경 쓰이는 일이 있을 때, 이를테면 부반장과 사소한 일로 틀어졌을 때는 나한테 한바탕 부반장 욕을 했다. 좋아하는 남자애가 생긴 것도 그 길에서 알았다. 어느 날인가, 상진이 잘생기지 않았니? 하고 말하고는 며칠 동안이나 상진이 이야기만 했다.

기분이 좋은 날의 수아는 쉬지 않고 이야기해 댔다. 들뜬 말투로 조금은 두서없게, 수업 시간에 누군가가 한 농담, 드라마에 나온 아이돌 이야기, 언니가 새로 옮긴 학원 이야기를 넘나들었다. 담임 선생님 흉내도 곧잘 내서 나를 웃겼다. 집에 가는 길에 다른 아이들과 마주친 적은 거의 없었다. 이 길은 오로지 우리 둘을 위해 있는 것 같았다.

나와 수아 사이에는 학교에서의 기억보다 정릉천에서의 기억이 더 많았다. 늦잠 잔 날 학교 가는 길에 수아 손을 잡고 전속력으로 뛰어가던 것, 집으로 오는 길에 화장실이 급했던 수아가 풀숲에서 쪼그리고 소변을 보는 동안 내가 망을 봐 준 것도 생각났다.

아이들이 수아한테 미경이랑 친해? 하고 물으면 수아는 그렇다고 말하기보다는 우리는 같은 건물에 살아, 하고 말했다. 그게 친하다는 뜻인지 잘 모르겠지만 어쨌든 나는 상관없었다. 집에 같이 갈수 있다는 것, 그것만으로 충분했다.

> 집에 가는 길에 늘 미경이한테 속마음을 털어놓았어.
>
> 하지만 비밀노트가 생긴 뒤로는 그럴 일이 없어진 것 같아.
>
> 여기에 이야기하면 되니까.
>
> — 진정한 친구를 찾은 수아가

예전에 살던 빗물펌프장이 보였다. 3층짜리 회색 건물로 낡고 멋도 없는 건물이었다. '빗물펌프장'이라는 간판이 달려 있지만 이 앞을 매일 지나가는 사람들조차 무엇을 하는 곳인지 궁금해하지 않을 것 같았다.

자주 놀던 펌프장 옆 공터로 갔다. 수아를 만나기로 한 장소였다. 공터에는 여자애 세 명이 어울려 놀고 있었다. 수아와 내가 처음 만난 나이인 열 살쯤 되어 보였다. 조금 통통한 아이가 경쾌한 목소리로 아이들을 부르자, 어른스럽게 팔짱을 낀 아이가 그쪽으로 향했고, 키가 크고 마른 다른 아이도 그 뒤를 따랐다.

나는 벤치에 앉아 아이들이 노는 걸 구경했다. 아직도 약속 시간까지는 삼십 분이나 남아 있었다. 아이들은 나뭇가지를 들고 다니며 바닥 여기저기를 찌르기도 하고, 비둘기들이 모여 있는 곳에 뛰어들었다가 새들이 날아오르자 요란하게 소리를 지르며 물러나기도 했다. 예전의 수아와 내가 떠올랐다. 지금보다 훨씬 어렸던 그때, 우리의 모습은 어땠을까.

내 모습은 잘 모르겠지만 수아의 모습만큼은 선명하게 기억했다. 다른 아이들이 모르는 수아를 나만은 알고 있었다. 기분 좋은 날도 있지만, 그렇지 않은 날도 있었다. 친절하지도 밝게 웃지도 않는 수아의 얼굴이 있었다.

3학년 때 우리 반 담임 선생님은 이대팔 가르마로 머리를 딱 붙이고, 어깨가 큰 양복을 입는 분이었다. 과묵하고 다정한 면이라고는 없었다. 하루는 조회가 끝나고 담임이 교실에 들어와서 반 아이들에게 교장 선생님의 훈화가 뭐였는지 물었다. 어째서 그날 물은 건지 모르겠다. 그날 우리의 태도가 마음에 안 들었거나, 기분이 안 좋았던 걸 수도 있다.

교장 선생님의 훈화란 대개 지독하게 재미가 없어서 기억에 남는 건 한마디도 없었다. 우리는 옆이나 앞뒤에 선 아이들과 작은 목소리로 잡담을 했다. 당연히 훈화를 기억하는 사람은 한 명도 없었다.

담임은 반장인 수아를 불러 세웠다. 잔뜩 긴장한 수아 역시 아무 말도 하지 못했다. 그러자 수아를 앞으로 나오게 했다.

— 네가 반장이니까 대표로 맞는 거야.

담임은 플라스틱 자로 다섯 번, 힘껏 손바닥을 후려쳤다. 플라스틱 자가 허공을 가르면서 휙휙, 소리를 냈다. 아이들은 숨을 죽였다. 수아는 얼굴을 찡그리지 않으려고 애쓰고 있었다. 나는 수아가 곧 울지도 모르겠다고 생각했다. 그때 담임이 말했다.

— 이것 봐라 반장은 이런 거 가지고 울지 않는다. 다들 박수!

아이들은 영문을 모르고 박수를 쳤다. 모두 그 순간이 지나가기만 기다렸다. 수아는 울기 일보 직전이었지만 끝내 울지 않았다. 쉬는 시간에 여자애들이 몰려들어 괜찮아? 하고 물었다. 수아는 어느새 아무 일 없었다는 듯이 응, 괜찮아! 이제 느낌도 없는걸! 하고 씩씩하게 대답했다. 수업이 끝나자 수아는 평소처럼 아이들과 웃으면서 인사하고 헤어졌다.

하지만 아이들과 멀어져 나와 단둘이 남았을 때, 수아는 평소보다 말이 없었다. 축 처진 어깨가 지쳐 보였다. 나라도 뭔가 떠들었어야 했지만 말주변이 없던 나는 그냥 옆에서 걷기만 했다. 그리고 정릉천까지 왔을 때 수아가 주저앉아 울기 시작했다. 꺼억꺼억 소리를 내면서, 콧물을 흘리면서 울었다. 휴지가 없어서 근처에 난 넓고 부드러운 풀잎을 뜯어서 내밀었다. 수아가 그제야 풀잎에다 코를 흥, 풀고는 먼지가 묻은 엉덩이를 털고 일어났다.

그날 이후 우리의 하굣길은 무언가 바뀌었다. 수아는 집에 가는 길에 화나고 분한 심정을 표현하기 시작했다. 실기 시험을 망쳤거나, 시험에서 아는 문제를 실수로 틀렸을 때는 너무 날카로워서 옆에서 무슨 말을 해야 할지 몰랐다. 그 정도면 잘 봤잖아, 하고 말하면 아니야! 더 잘 볼 수 있었단 말이야! 하고 쏘아붙였다. 그 뒤로 찾아오는 침묵은 날 벌주는 것만 같았다. 그럴 땐 예전에 알던 수아가 아니었다. 뭐랄까, 평소에 수아가 보여 주던 모습의 정반대로만 행동하는 것 같았다.

가장 두려운 건 혼자 가 버리는 것이었다. 정말 기분이 안 좋은 날에는 오늘은 혼자 가고 싶어, 하고는 뛰어가 버렸다. 지친 수아는 금세 뛰는 걸 멈추고 걷기 시작했다. 나는 발걸음을 조절하면서 따라잡지 않고 뒤서기 위해서 애썼다. 수아는 내가 뒤에서 걷고 있는 걸 분명히 알면서도 한 번도 뒤돌아보지 않았다. 수아의 뒷모습은 매몰찼다. 모든 아이에게 친절한, 심지어 왕따당하는 애들한테도 잘해 주는 수아가 맞나 싶을 정도였다. 가끔 뒤를 보고 싶어 하는 걸 꾹 참는 듯한 느낌도 들었다. 나는 뒷모습에도 표정이 있다는 걸 깨달았다. 수아의 우울하고 화난 듯한 등을 보면서 뒤로 물러나 걷는 것에 익숙해졌다. 그래도 혼자 집으로 가는 것보다는 나았다.

화가 풀어진 뒤 수아는 평소보다 기분이 더 좋아 보였다. 내 앞에서 팔다리를 사방으로 흔드는 우스꽝스러운 춤을 추기도 했다.

웃음을 터뜨리지 않을 수 없는 춤이었다. 내가 웃었더니 "넌 정말 좋은 친구야."라고 수아가 말했다. 종일 참고 기다리던 달디단 아이스크림을 먹는 기분이었다.

2

집에 같이 가니까 진짜 좋더라. 가는 길에 사 먹은 솜사탕도

정말 맛있었어.

니희 집도 우리 집과 가까우면 좋을 텐데.

이사 올 수는 없는 거겠지?

미경이랑 둘이서만 집에 돌아가는 길은 너무 쓸쓸했어.

— 벌써 네가 보고 싶은, 수아가

하굣길이 둘이 아닌 셋이 된 것은 6학년, 영주가 전학 온 뒤부터
였다. 며칠 동안 집으로 가는 길에 수아는 영주 이야기만 했다.

- 전학 온 영주 말이야, 어떤 거 같아?

- 예쁘고, 좀 튀는 애 같던데.

- 그치? 전교에서 제일 예쁜 거 같아.

어느 날, 수아는 집에 가려고 기다리는 나에게 달려와서 말했다.

- 미경아, 미안. 오늘 먼저 갈래? 난 영주 좀 데려다주고 갈게.

그러고는 대답할 틈도 주지 않고 영주가 있는 쪽으로 달려갔다. 신이 나서 뛰어가는 수아의 뒷모습을 보면서 다시 혼자가 될 것을 직감했다. 나는 달려가 수아를 붙잡고 말했다.

- 나도 같이 가면 안 돼? 정류장에 데려다주고 같이 집에 가도 되잖아.

나 때문에 돌아가는 거 아니야? 하고 수아가 걱정스럽게 되물었지만 나는 괜찮다고 했다. 영주를 좌석버스 정류장까지 데려다주고 돌아왔다. 집에 돌아가는 길이 세 배쯤 길어졌지만 둘만의 정릉천 길은 지켜 냈다. 수아는 가는 내내 영주가 전 학교에서 얼마나 대단한 아이였는지 늘어놓았다.

둘은 결국 아이들이 부러워하는 단짝 친구가 되었고, 선생님들마저 그 둘이 같이 있는 것을 흐뭇한 눈으로 바라봤다. 내가 보아도 둘에게서 빛이 나는 것 같았다. 결국 나는 둘 사이에 낀 어울리지 않는 아이가 되었다.

수아는 영주와 친해지면서 한동안 부쩍 외모에 신경을 썼다. 쇼핑몰에 구경을 하러 가서도 예전에는 보지 않던 새로운 스타일의 옷만 만지작거렸다. 영주가 입은 것과 비슷한 종류의 옷이라는 걸 어렵지 않게 알 수 있었다.

- 한번 입어 봐.

내가 말하면 수아는 고개를 저으며 옷을 제자리에 놓았다.

- 내가 입으면 돼지 같아 보일 거야.

늘 들르던 패스트푸드점에 가서도 수아는 평소처럼 햄버거 세트를 주문하지 않았다. 작은 아이스크림을 하나 사서 천천히 핥아 먹었다. 수아가 말했다.

- 영주는 말이야. 패스트푸드는 거의 안 먹는대. 엄마가 못 먹게 한대.

- 진짜 싫겠다.

- 걔네 엄마는 몸매 관리용 셰이크랑 유기농 주스만 마신대. 우리 엄마는 믹스 커피를 달고 사는데.

언제 저렇게 영주에 대해 많은 걸 알게 되었을까. 둘이 밤에 통화라도 하는 걸까.

- 영주 걔 혼자서 전신 먹는 거 봤어? 세상 먹을 것들에는 별로 관심이 없다는 태도잖아. 그래야 그런 몸매를 유지할 수 있는 거야.

영주 이야기를 한참이나 하던 수아는 스스로도 너무 영주 이야기만 한다고 느꼈는지, 갑자기 분위기를 바꾸어 말했다.

- 으악! 배고파서 도저히 안 되겠다! 햄버거 한 입만 주라!

나는 먹던 햄버거를 통째로 수아에게 넘겼다. 몸무게 따위는 걱정하지 않고 햄버거를 베어 무는 게 내가 알던 수아의 모습이었다. 수아가 변하는 게 싫었다. 수아는 모두에게 관심을 공평하게 나눠주는 아이였고, 누군가를 딱히 특별하게 좋아하거나 싫어하지 않았다. 그런데 영주 때문에 수아가 미묘하게 변하고 있었다.

영주와 친해진 뒤로 하굣길이 바뀌었다. 영주를 정류장까지 데려다주고 하남으로 가는 버스가 떠난 뒤에야 집으로 향했다. 수아는 매번 먼저 가도 된다고 했지만, 나는 애써 상관없다고 말했다. 수아와 함께 집으로 돌아오는 시간까지 포기할 수는 없었다. 하지만 그 시간마저 수아는 영주 이야기를 하느라 바빴다. 영주의 진짜 마음을 잘 모르겠다느니, 자기를 어떻게 생각하는지 잘 모르겠다느니, 생각보다 날라리 같다느니 하면서 영주에 대한 관심을 감추지 못했다.

언젠가 수아가 너 혼자서 가, 나는 영주랑 둘이서 갈래, 하고 딱 잘라 말할까 봐 두려웠다. 그래서 되도록 셋이서 걸을 때 거슬리지 않으려고 애썼다. 한 번은 수아가 영주와 집에 가 버리는 꿈을 꿨다. 둘은 내가 보이지 않는 것처럼 무슨 얘긴가를 신나게 하면서 갔다. 이름을 불러도 전혀 들리지 않는 것 같았다. 그러더니 영주가 마치 자기 집인 것처럼 우리 집으로 쏙 들어가 버렸다. 나만 정릉천에 혼자 남겨졌다.

셋이 있을 때 수아와 영주는 둘만 아는 이야기를 늘어놓았다. 이를테면 나는 들어 본 적도 없는 책 제목을 말하면서 요즘 전 세계적인 베스트셀러라느니, 곧 영화화가 된다느니, 했고 이야기는 그 작가의 다른 작품들로 이어졌다. 그럴 때 나는 관심 없는 척했지만, 책 제목들을 외워서 나중에 찾아보고는 했다.

둘은 쉬는 시간에도 곧잘 이어폰을 나눠 끼고 있었다. 나는 음악을 들으면 집중도 안 되고 그저 지루하기만 했다. 하지만 수아와 영주는 서로 듣는 음악을 공유하고, 이어폰을 하나씩 나눠 끼고 같은 음악을 듣고는 했다. 단짝 친구는 저렇게 취미도 비슷해야 하는 걸까. 어째서 세 명을 위한 이어폰은 나오지 않는 걸까, 그런 생각을 하며 나는 괜히 허전한 귀를 매만졌다.

나도 대화에 끼려고 시도는 몇 번인가 해 봤다. 한 번은 영주가 《해리 포터》의 캐릭터인 '루나 러브굿'을 계속 '루니 러브굿'으로 잘못 말하는 걸 바로잡아 주었다. 《해리 포터》의 광팬인 동생 덕분에 캐릭터의 이름만큼은 분명히 알고 있었다. 영주가 미심쩍은 듯이 말했다.

– 확실해? 너 《해리 포터》 읽었어?

– 아니. 동생이 그 책 좋아하거든.

– 아, 너는 이런 거 관심 없지.

영주는 생각하는 대로 이야기하는 애였다. 상대방에게 어떻게 들릴지는 중요하지 않았다. 오히려 수아가 내 눈치를 보면서 미경이 동생이 얼마나 《해리 포터》를 좋아하는지 모르는 캐릭터가 없다느니, 적어도 다섯 번은 읽었을 거라느니, 하며 분위기를 띄우려고 애썼다. 그 뒤로는 간혹 아는 이야기가 나와도 모르는 척하고 잠자코 듣기만 했다.

가끔 아이들이 수군거리는 소리를 듣기도 했다.

– 걔는 왜 공부도 못하는 게 공부 잘하는 애들하고만 놀지?

나는 못 들은 척할 수밖에 없었다. 아이들은 내가 원래 수아와 친했다는 사실을 잊어버린 것 같았다.

어쨌든 수아와 영주와 나, 이렇게 셋은 한동안 함께 놀았다. 우리가 셋이라는 이유로 싸운 적은 없지만, 여러모로 불편하기는 했다. 체육 시간에 짝피구를 하거나 가정 실습 시간에 둘이 짝을 지어야 할 때 나는 으레 먼저 양보해 버렸다. 영주네 집에 놀러 가는 버스 안에서 자리를 잡을 때도 마찬가지였다. 나는 둘이 나란히 앉도록 자리를 양보하려고 했다. 수아는 돌아가면서 앉자고 했다.

  - 나랑 영주, 영주랑 미경이, 미경이랑 나 이렇게 돌아가면서 앉으면 되잖아.

  우리는 수아 말대로 했다. 그리고 혼자 앉은 아이가 외롭지 않도록 쉴 새 없이 이야기를 나누기로 했다. 처음에는 수아가 하자는 대로 나와 영주가 나란히 앉았다. 수아가 무릎으로 의자를 딛고 뒤를 돌아 이야기를 하면서 갔다. 수아가 쉬지 않고 떠들어서 마치 셋이 함께 앉은 것만 같았다. 다음엔 내가 뒤로 가고 수아가 내 자리로 와서 둘이 함께 앉았다. 그리고 왜 그랬는지 모르겠지만 혼자 앉은 나는 자는 척하고 말았다. 수아와 영주가 함께 앉아 나누는 이야기를 엿들으면서 도착할 때까지 눈을 뜨지 않았다. 수아와 영주의 한 칸 뒤, 그곳이 내 자리인 것 같았다. 나는 수아와 영주 사이에서 내 자리를 잡기 위해서 애썼다. 그게 혼자 있는 것보다 나았다. 무엇보다 그렇게 해서라도 수아 곁에 남고 싶었다.

  언젠가 수아네 집에서 셋이서 자게 된 밤도 마찬가지였다. 불을 끄고 누워서도 수다가 끊이지 않았다. 여느 때처럼 대화는 둘이서 주로 했고, 나는 말할 틈을 찾지 못했다. 어느 순간 수아가 내 쪽을 향해 말했다.

  - 미경이는 자나 봐.

영주도 맞장구를 쳤다.

- 난 아까부터 자는 줄 알았는데. 조용해서.

나는 깨어 있었지만 그냥 자는 척을 했다. 내가 잠들었다고 생각한 아이들은 속삭이면서 이야기를 했다.

- 너희는 좋겠다. 같은 건물에 살아서. 이 건물에서 너랑 사는 게 미경이가 아니라 나라면 얼마나 좋을까.

- 너도 여기서 같이 살면 좋을 텐데. 집도 멀잖아. 내 방에서 자도 되는데.

- 엄마가 허락 안 할 거야.

- 그냥 집 나와 버려. 옥상에 텐트 치고 살면 어때?

둘은 큭큭, 하며 웃었다. 두 사람의 대화를 들으며 나는 숨소리가 커지지 않도록 조심했다. 깨어 있는 티가 날까 봐 몸을 웅크렸다. 둘이 차례로 잠들고 난 다음에야 나는 진짜로 잠이 들었다.

미경이랑은 언제부터 친하게 지낸 거야?

너무 조용해서 있는지 없는지도 잘 모르겠어.

너랑은 성격도 엄청 다른 거 같은데.

― 단짝이 필요한, 영주가

미경이는 우리 반에서 키가 제일 커.

- 미경아!

날 부르는 소리에 한순간에 현실로 돌아왔다. 소리가 난 쪽을 바라보니 수아가 손을 흔들며 다가오고 있었다. 살이 빠져서인지 아니면 옷차림이 어른스러워진 탓인지 만난 게 불과 육 개월 전인데 분위기가 어딘지 달랐다.

수아는 벤치의 옆자리에 앉았다. 많은 시간을 함께 보냈던 곳인데도 어색했다. 수아가 정릉천을 바라보며 말했다.

- 여기 오랜만이네.

- 그러게. 근데 예전보다 훨씬 작아 보여.

수아도 고개를 끄덕였다. 그리고 갑자기 생각났다는 듯 가방을 뒤져 수첩을 꺼냈다.

- 그나저나 여기 사인 좀 해. 대단하다, 서미경. 너 너무 유명해지는 거 아니야? 어디, 낯설어서 친구라고나 하고 다니겠어?

진짜 사인을 받을 모양인지 사인펜까지 내밀었다. 환한 얼굴에서 어릴 때의 수아가 언뜻 보였다. 한순간에 예전으로 돌아간 기분이 들었다. 어설프게 웃고 있는 내 얼굴을 조금이라도 가리려고 얼굴 위로 수첩을 들어서 내 이름을 썼다.

- 사인이 별로네. 새로 하나 만들어야겠다. 앞으로 사인할 일 많아질 텐데.

장난스러운 말투는 예전 수아 그대로였다.

- 너네 학교 배구 명문이라며?

- 응. 진고제진 때문에 다들 기힙이 바짝 들었어.

- 너, 지금 선수 포스 장난 아니야. 키도 더 큰 것 같고. 너랑 같이 다니면 난 살찐 무당벌레같아 보이겠지.

수아의 자학적인 개그에 웃음이 나왔다. 수아의 말투가 돌연 진지해졌다.

- 생각해 보면 넌 어릴 때부터 몸으로 하는 건 다 잘했어.

- 내가 잘했다고?

- 그럼. 생각 안 나? 초등학교 3학년 때, 너 혼자 뜀틀 6단 넘었잖아. 물론 네가 다리가 길어서 유리하긴 했지만. 그리고 5학년 때, 제자리멀리뛰기도 혼자 이 미터를 훌쩍 넘겼지. 그때 피구하면 애들이 무조건 너한테만 공 던졌잖아. 대박은 6학년 때 배구 토스하던 거, 너 혼자 만점 받은 거 기억 안 나? 그때 네가 될성부른 나무

인 걸 알아봤어야 하는데.

아무것도 기억나지 않았다. 키가 커서 남들보다 조금 수월하다고는 생각했지만, 잘한다는 생각은 미처 하지 못했다. 내가 기억하지 못하는 내 모습을 수아가 기억하고 있었다.

배구를 시작하기 전에는 잘하는 게 아무것도 없다고 생각했다. 그리고 그 전까지 찍은 사진 속 내 모습을 보면 늘 등이 굽어 있다. 얼굴은 긴 앞머리에 절반이나 가려져 있고, 표정은 세상에서 제일 쓴 약이라도 먹은 듯 구겨져 있다. 배구를 하기 전까지는 자꾸 자라나는 키가 원망스러웠다. 사람들 속에 숨고 싶어도 큰 키 때문에 기린처럼 모두의 눈에 띄었다. 배구를 시작하면서 거추장스러운 머리를 자르고 나서야 사진 속에 이마가 나오기 시작했다. 구부러진 등도 펴졌다.

─ 배구 시험 볼 때, 아이들이 너를 에워쌌잖아. 다 같이 숫자를 세면서. 그때 네 표정이 어땠는 줄 알아?

─ 어땠는데?

─ 이제 그만하고 싶은데 왜 이렇게 토스가 잘되는 거야, 젠장! 이런 표정이었어.

그때의 기분은 나도 기억하고 있다. 아이들이 둘러쌌을 때의 당혹감, 아이들은 목소리를 맞추어 내가 토스할 때마다 숫자를 세어 댔다. 오십일, 오십이, 오십삼…… 육십일, 육십이, 육십삼…… 칠십 개를 넘어 배구공이 바닥에 떨어졌을 때는 아쉬움보다 안도감이 들었다.

- 넌 어떻게 지냈어?

수아는 고등학교가 산을 깎은 곳에 지어져서 오르막길이 엄청나다는 둥, 삼 년 동안 걸어 다니면 다리가 엄청 굵어질 것 같다는 둥 푸념을 늘어놓았다. 고등학교엔 도서부가 없지만 도서실이 꽤 크고 책도 많아서 그곳에서 시간을 보낸다고 했다. 사서 선생님이랑 친해졌다고도 했다. 너 같은 스타에 비해서는 보잘것없는 생활이야, 하고 수아는 멋쩍게 웃었다.

- 곧 장마철이네.

- 그러네. 예전에 장마 때면 진짜 재미있었는데, 그치?

수아도 그때가 생각이 났는지 풋 하고 웃었다.

- 응, 그때만 기다렸지.

장마철이 오면 아빠들은 바빠졌다. 옷을 갈아입으러 집에 들를 때를 제외하면 밤새 상황실을 지켜야 했다. 아빠들한테는 미안한 일이지만, 우리는 마치 축제를 앞둔 것처럼 들떴다. 우리는 둘 중 한 명의 집에서 함께 잤는데, 주로 내가 수아네 집으로 갔다. 과자와 언니의 패션 잡지를 품에 안고 수아네 집으로 갈 때는 고작 한 층 올라가는 데도 기대감으로 가슴이 터질 것 같았다. 초인종을 누르면 잠옷 차림의 수아가 달려 나와 나를 맞았다.

우리는 방에 틀어박혀서 아무도 우리를 방해하지 못하도록 문을 잠그고 끝도 없이 이야기를 했다. 나 혼자 쓰는 방이 생기면 어떻게 장식하고 싶은지, 방학 때는 어디에 가고 싶고, 어떤 옷을 사고 싶은지 이야기했다. 할 이야기가 떨어지면 상황극을 했다. 그즈음

드라마에서 본 마음에 드는 주인공을 골랐다. 우리는 자매가 되었다가, 같은 회사에서 일하는 동료가 되었다가, 부부가 되기도 했다. 하지만 가장 좋아한 건 이제 막 연애를 시작한 대학생 커플을 연기하는 것이었다. 수아는 드라마 여주인공처럼 내 볼에 가벼운 입맞춤을 하는가 하면, 팔짱을 끼고 다정한 말투로 속삭이듯이 말했다. 연극은 늘 갑자기 시작되었다. 수아가 누군가를 흉내 내면 그게 시작이었다. 수아는 연기에 능숙했지만, 나는 별로 소질이 없었다. 수아의 대사에 소극적인 반응만 겨우 했다. 그래도 연극이 시작되는 그 순간을 늘 기다리고는 했다.

– 네 생일에는 매번 비가 왔는데. 이번에는 장마가 좀 늦게 오려나 보다.

수아 말대로 내 생일은 장마철이었다. 항상 집에서 조촐한 생일 파티를 했는데, 매년 초대하는 친구라고는 수아뿐이었다. 선물을 교환하고 케이크와 과자를 실컷 먹으면서 놀았다. 수아는 나한테 필요한 물건을 생각해 뒀다가 생일에 사 주고는 했다. 언니한테 물려받은 낡은 핸드폰에 화사한 케이스를 입혀 주기도 하고, 긴 다리에 어울릴 거라며 핫팬츠를 사 주기도 했다.

이번에 수아가 생일선물이라며 내민 건 선크림이었다. 원플러스원 행사에서 샀는지 두 개가 테이프로 묶여 있었다.

– 넌 선크림도 안 바르지? 왜 실내운동하면서 얼굴이 새까매? 운동한다고 꼭 구릿빛 피부일 필요는 없거든.

– 어차피 땀나서 다 지워질 텐데.

- 그럼 또 발라. 요즘 애들 피부 관리를 얼마나 열심히 하는데. 너도 팬서비스 차원에서 외모 관리 좀 할 필요가 있어.

- 못 본 사이에 잔소리가 심해졌네.

- 나중에 할 일 없으면 네 매니저라도 하려고.

농담이라는 걸 알면서도 그러면 예전처럼 붙어 있을 수는 있겠다, 싶었다.

한동안 시야에서 사라졌던 여자애 셋이 다시 눈에 들어왔다. 멀리서 봤을 때는 셋이 사이좋게 걸어오는 줄 알았는데, 자세히 보니 그게 아니었다. 둘은 팔짱을 끼고 다정하게 걸어가는데 한 명은 멀찍이서 따라오고 있었다. 뒤에 오는 아이는 차마 앞에 있는 아이들한테 다가가지 못하고, 완전히 떨어지지도 못한 채 눈치를 보며 걸어오고 있었다. 앞에 걷는 두 명 역시 뒤에 오는 아이를 의식하듯 서로 단단히 팔짱을 끼고 뒤를 흘끔거리며 걸었다.

- 쟤네들, 너무 귀엽다. 그치?

수아 얼굴에 단번에 웃음이 번졌다. 하지만 나는 사랑스럽기보다는 안쓰러운 마음이 앞섰다.

- 싸웠나 봐. 한 명이 뒤처져서 걷네.

- 저러면서 크는 거지. 우리도 저럴 때가 있었는데.

수아는 영주를 생각하는 것 같았다. 나 역시 영주를 생각했다. 영주가 사라진 뒤에도 수아와 있으면 늘 셋이 있는 것만 같았다. 수아가 점점 멀어지는 여자아이들의 뒷모습을 보며 말했다.

- 생각해 보면 제일 행복할 때였어. 우리 셋이 있을 때 말이야.

사실 나는 셋이 아니라 둘일 때가 좋았다. 입 밖에 내지는 않았지만 나는 아직도 셋이라는 숫자가 싫었다. 내가 말했다.

- 우리 엄마가 그러는데 셋은 좋은 수가 아니래. 언제나 문제가 생긴대.

- 어째서?

- 글쎄, 한 명이 소외되어서가 아닐까.

- 근데 너 등번호 3번이잖아.

그러고 보니 나는 '3'이라는 숫자와 인연이 있다. 집에서도 세 자매 가운데 둘째다. 나는 대접받는 첫째나 사랑받는 막내와는 달리 이것도 저것도 아닌 애매한 아이로 자랐다. 언니는 공부를 잘하고 남자들에게 인기도 많다. 화이트데이에는 몇 개월은 먹을 수 있을 분량의 사탕을 받아 오고는 한다. 동생은 공부는 못하지만 사교성이 좋아서 어디를 가나 친구들을 몰고 다닌다. 나는 키만 빼고는 뭐든지 늘 중간이었다. 공부도 중간이고 외모도 밋밋했다. 그래서 사람들이 기억을 잘 못 하는 편이었다.

엄마는 매일 놀러 다니는 동생에게는 공부하라는 잔소리를 했고, 예쁜 언니에게는 대학교에 들어가기 전까지 남자친구는 안 된다고 못을 박았다. 하지만 나에게는 별달리 잔소리도 하지 않았다. 혼낼 것도, 칭찬할 것도 없는 그야말로 어중간한 아이였다.

그나마 튀는 건 큰 키밖에 없는데 그것 역시 좋은 일이 아니었다. 엄마는 내가 돌아가신 할머니를 닮아 키가 크다고 했다. 사진 속 할머니는 발목도 가리지 못하는 한복 치마를 입고 쪽진 머리를 하고 있다. 멀대 같은 키와 무표정한 얼굴이 나와 닮았다. 상반신은 한쪽으로 기이하게 뒤틀려 있었다. 자신의 큰 키를 조금이라도 작아 보이게 할 심산으로 어깨를 구부리고 다닌 게 아닐까 짐작했다. 그런 노력에도 할아버지는 작고 아담한 둘째 부인을 집으로 들였고, 아빠는 이복형제를 둘이나 두게 되었다. 그게 엄마가 여자가 키가 크면 좋을 게 하나도 없다고 생각하게 된 이유였다. 할머니도 나처럼 배구를 했어야 했다.

미경이는 어딘지 좀 불편해.

너랑 막 이야기하다가 가끔 미경이랑 눈이 마주칠 때가 있는데,

왠지 날 싫어하는 것 같은 느낌이 들 때가 있어.

너무 네 곁을 맴도는 것 같기도 하고. 호위 무사도 아니고 말이야.

너도 좀 귀찮지 않니?

— 기분이 별로인 영주가

- 맞다, 할 말이 있다는 게 뭐야?
- 사실 영주 이야기를 하려고 만나자고 했어.

영주라는 이름이 나오는 순간 수아가 움찔했다. 나는 조심스럽게 물었다.

- 너, 아직도 영주 생각 많이 해?

수아는 글쎄, 하고 말을 길게 늘였다. 그러고 보니 우리가 영주

이야기를 한 적은 거의 없는 것 같았다.

— 때때로 생각나. 뉴스에 왕따당해서 자살하는 아이들 이야기가 나올 때도 생각나고. 특히 생일날 생각이 많이 나. 영주가 사라진 걸 안 게 내 생일이었잖아. 매년 생일마다 사라진 친구가 생각난다는 건 정말 슬픈 일이야.

진실은 아무도 모른 채, 무성한 소문 중에 어느 것이 진실인지 밝혀지지 않은 채로 영주는 잊혀 갔다. 처음에는 혜지와 그 패거리에게 비난이 돌아가기도 했지만, 오히려 혜지는 자기에게는 잘못이 없다며 더 흥분을 했다.

— 네가 우리 반에 와서 혜지한테 화내던 모습이 생각나.

— 네가 안 말렸다면, 나 진짜 걔 때렸을지도 몰라. 그런데 사실, 그 아이들보다도 나한테 화가 났어. 내 잘못이 컸으니까.

— 어째서 네 잘못이야?

— 나는 한 번도 진심으로 영주를 대한 적이 없어. 그냥 마음대로 좋아하다가 떠나 버렸어.

— 그래도 영주가 그렇게 떠난 게 네 잘못은 아니야.

— 모르겠어. 영주가 죽고 난 뒤에 내 한 부분이 바뀌어 버린 것 같아. 그 뒤로는 새로운 친구를 사귀는 게 힘들어. 또 누군가에게 상처를 줄 수도 있으니까.

영주가 사라지고 난 다음에 바뀐 건 수아만이 아니었다. 수아에게도 친한 친구를 지키지 못했다는 죄책감이 있겠지만, 나 역시 눈앞에서 왕따를 당하는 영주를 도와주지 않은 걸 후회했다. 어쩌면 수아보다 영주 생각을 더 많이 했을지도 모른다. 나는 그 생각을 하지 않기 위해 애써 왔다. 하지만 잘 되지 않았다. 나는 얼마 전에 있었던 일을 수아에게 이야기해 주었다.

  - 지금 우리 반에 왕따가 한 명 있거든. 그냥 조용하고 약간 굼뜬 아이인데 언제부터인가 왕따가 되어 있더라고. 어느 날인가, 반에서 아이들이 걔를 괴롭히고 있는데 갑자기 영주 생각이 났어. 참을 수가 없는 거야. 그래서 소리를 질러 버렸어. 걔 그냥 내버려 두라고. 충동적으로 그런 건데 애들이 바로 그만두고 자리에 가서 앉더라. 내가 안 보이는 곳에서는 계속 괴롭히고 있을지도 모르지만, 그래도 학교에서만큼은 그냥 두더라고.

  니도 왕따당하는 아이를 보기가 힘들어. 솔직히 영주가 어떻게 왕따를 당했는지는 잘 몰라. 딱 한 번 혜지네 패거리 앞에서 무릎을 꿇고 있는 영주를 본 적이 있어. 그 뒤로는 영주를 볼까 봐 걔네 반 근처에는 가지도 않았어. 아직도 왕따당하는 아이를 보면 꼭 영주인 것만 같아.

  우리는 한동안 말이 없었다. 영주가 사라진 뒤에 우리가 어떻게 변해 왔는지 각자 생각에 빠졌다. 수아가 침묵을 깼다.

  - 그런데 갑자기 영주는 왜?

  - 이영주를 봤어. 광화문에서.

  수아의 동그란 눈이 커졌다. 나는 말을 이었다.

  - 말은 못 걸었어. 근데 영주가 맞는 거 같아.

  수아는 나를 향해 몸을 완전히 틀었다.

- 자세히 좀 말해 봐. 영주가 확실해? 어떻게 만난 건데?

- 만난 건 아니고 그냥 내가 본 거야.

수아는 믿기지 않는다는 듯 진짜? 진짜? 하고 열 번쯤 되물었다.

나는 내가 본 걸 설명해 주었다. 어린이를 돕는 단체에서 봉사 활동을 하고 있더라는 것, 오늘이 마지막 날이라는 것도 알려 주었다. 수아는 진짜야? 확실해? 하고 재차 물었다.

- 봉사하는 사람들은 다섯 시까지 있다고 했어.

내 말을 듣고 수아는 핸드폰으로 시간을 확인했다. 한 시 사십 분이었다. 수아는 아직도 믿을 수 없다는 얼굴이었다.

- 말도 안 돼. 영주는 죽었다고 생각했는데.

- 그때 말이야, 영주가 죽은 게 확실해? 하남 갔던 이야기 구체적으로 해 준 적 없잖아.

그사이 좀 차분해진 수아가 생각을 더듬었다.

- 죽은 게 확실하다고 생각했어. 그땐 정황이 그랬거든. 근데 시간이 지날수록 몇 가지 다른 가능성이 떠오르기는 하더라고. 첫 번째는 문자.

- 문자?

- '난 먼 곳으로 떠나.'라는 표현 말이야. 그냥 어딘가 멀리 떠나는 사람이 쓸 법한 표현이기도 하잖아. 하남에서 만난 어떤 아저씨가 외국 어디로 간 것 같다고도 했고 말이야.

- 그러고 보니, 영주네 엄마가 이민 가고 싶어 하신다고 했지.

- 영주네 엄마가 나한테 연락을 안 한 것도 이상해. 영주가 죽었

다면 원인을 알아내려고 했을 거고, 학교에 한 번쯤은 오지 않았을까. 적어도 나한테는 물어봤을 거야.

나도 해 본 적 있는 생각이었다. 하지만 더는 알아볼 방법이 없다고 생각해 그대로 묻어 두었다.

— 이건 그냥 느낌인데 자살하기에 영주는 자기 자신을 너무 사랑하는 아이야. 자신이 왕따당하는 상황을 참을 수가 없었을 거야. 그래서 자퇴한 걸 거고. 자퇴도 어떻게 보면 자신을 지켜 내는 방법이었던 거지. 근데 그런 영주가 자살할 것 같지는 않아.

나는 동의한다는 뜻으로 고개를 끄덕였다. 수아가 말을 이었다.

— 그래도 설명 안 되는 부분은 있어. 영주네 집 앞에 갔을 때 동네 아저씨가 그 집 아이가 죽은 것 같다고 했거든. 그 뒤에 엄마, 아빠, 아들 셋이서 이사를 준비하는 걸 봤다는 사람도 있었고. 그치만 사람의 눈은 정확하지 않을 수도 있으니까. 작년까지도 다시 그곳에 가서 알아볼까 하는 생각이 들었지만 도무지 다시 가 볼 엄두가 나지 않았어.

— 사람들이 잘못 본 걸지도 모르지. 네 말대로 사람 눈은 정확하지 않으니까. 내가 며칠 전에 본 게 영주가 아닐 수도 있어. 그래도 가 보는 게 좋지 않을까?

수아가 이 년 전 체육관에서 했던 말을 이번에는 내가 하고 있었다. 영주를 찾으러 가자고 말이다. 수아는 고개를 떨구었다.

— 만약 정말 영주라면 기쁠 거야. 살아 있는 거니까. 그런데 무슨 얘기를 하지? 다시 만나서 반갑다고 해야 할까. 아니면 그때 미안

했다고 해야 할까. 우리를 보고 싶어 할까?

 – 그건 나도 잘 모르겠어. 하지만 확실한 건, 이런 기회는 다시 오지 않는다는 거야.

나는 심호흡을 했다. 그리고 '타이밍'에 대해서 다시 한 번 생각했다. 거의 떨어질 위기에 처한 공도 몸을 날리면 살려 낼 수 있다. 이미 늦어 버렸지만 더 늦기 전에 말해야 했다. 지금을 놓치면 정말로 기회가 없을지도 몰랐다.

말을 하는 도중에도 우리는 계속 핸드폰 시계를 확인했다. 볼 때마다 오 분, 십 분 지나가고 있었다. 점점 빠르게 흘러가는 느낌이었다. 하지만 여전히 우리는 벤치에서 일어나지 못하고 있었다. 수아가 말했다.

 – 어쩌면 우리를, 아니 나를 보고 싶어 하지 않을지도 몰라. 정말 영주였다면 우리한테 연락하지 않았을까?

수아의 말이 맞을지도 몰랐다. 나는 갑자기 자신이 없어졌다. 혹시 영주가 아니면 어쩌지? 수아가 말이 없어진 나를 바라보았다.

 – 아까 영주 생각 많이 하느냐고 물었지? 나, 영주가 보낸 마지막 문자를 아직도 가지고 있어.

수아가 핸드폰을 꺼냈다. 그러고는 영주가 보냈다는 문자를 보여 주었다.

그래도 즐거웠어, 비밀노트.

- 영주가 떠나기 전에 자기가 가지고 있던 비밀노트까지 나에게 보냈어. 아직도 그 노트를 가끔 봐.

비밀노트 이야기에 가슴이 철렁했다. 오늘 하려고 마음먹었던 이야기를 꺼낼 때가 되었다. 나는 깊은 숨을 쉬고 단번에 말을 꺼냈다.

- 나도 비밀노트를 가지고 있어.

가방에서 비밀노트를 꺼냈다. 심하게 구겨진 마지막 비밀노트였다.

- 이게 왜 너한테 있어? 조혜지가 너한테 줬어?

- 조혜지가 버린 걸 내가 챙겨 놨어.

수아는 구겨진 노트를 한 장씩 넘겨 보았다.

- 비밀노트 여섯 권이 모두 나한테 돌아왔네. 아, 한 권은 잃어버렸으니까 다섯 권이구나.

나는 가방에서 노트 한 권을 더 꺼냈다. 테이프로 군데군데 봉합해 여섯 번째 비밀노트 못지않게 엉망이었다. 수아가 잃어버렸던 두 번째 비밀노트였다.

- 이게, 왜 너한테 있어?

어디서부터 말해야 할지 머릿속이 복잡했다. 비밀노트! 비밀노트를 처음 봤을 때부터 말하기로 했다.

우리 비밀노트 쓰는 거, 미경이가 알면 좀 섭섭해할 수도 있지 않을까?

항상 네 주변에 있는 것 같아서 비밀노트 줄 때 좀 신경 쓰여.
끼워 주기는 싫은데 말이지.

— 불안한 영주가

그럼 다음부터는 비밀노트라고 쓰지 말자.
표지에 '국어'나 '수학'이라고 적어 놓을까? 위장용으로.
아니면 '관계자 외 접근 금지'라고 크게 써 놓자.
해골 그림까지 넣어서.
그리고 비밀노트는 꼭 서로한테 직접 전해 주기!

— 셜록 홈스, 수아가

영주가 전학 온 뒤 얼마 되지 않아 둘이 비밀노트를 쓴다는 사실을 알았다. 둘은 내 눈에 띄지 않도록 조심스럽게 노트를 교환했다. 나도 필사적으로 모르는 척했다. 가끔은 그 안에 어떤 내용이 적혀 있는지, 내 이야기는 어떻게 적혀 있을지 너무나도 궁금했다. 혹시 내 흉을 보는 건 아닐까 걱정도 했다.

두 번째 노트를 쓰기 시작했을 때 둘은 틈을 보이기 시작했다. 비밀노트 쓴다는 사실을 나에게 이야기한 것은 아니었지만, 딱히 숨기지도 않는 눈치였다. 서로의 책상 서랍이나 신발장 속에 비밀노트를 넣어 두고 가기도 했다.

체육 수업 때문에 다들 밖으로 나간 어느 날, 나는 영주의 서랍 속에 들어 있는 노트를 보았다. 노트 표지에 둘이서 찍은 스티커 사진이 붙어 있었다. 두근거리는 마음으로 노트를 꺼내서 내 가방에 넣어 두었다. 밖에서 영주와 수아가 부르는 소리가 들렸다. 가방 지퍼를 채우고 밖으로 나갔다. 체육 수업을 하는 내내 노트를 생각했다. 오늘만 보고 가져다 놓으면 될 거라고 생각했다.

그날 밤 집에 가서 두근거리는 마음으로 노트를 열어 보았다. 서로의 비밀을 시시콜콜 늘어놓는가 하면, 학교 아이들 이야기도 많이 했다. 이번 짝이 맘에 드느냐고 묻기도 하고, 전교 남자애들을 마음에 드는 순서로 줄 세우기도 했다.

간혹 내 이야기도 나왔다. 오늘은 미경이 주번이니까 우리끼리 가자느니, 오랜만에 둘이서 집에 가니까 좋았다느니 하는 글이었다. 비밀노트에서 내 비중은 미미했지만, 그나마도 둘이 있는 시간을 방해하는 우정의 훼방꾼 역할이었다.

나는 연필꽂이에서 가장 두꺼운 사인펜을 꺼내 모든 장에 엑스표를 치기 시작했다. 참을 수가 없었다. 구기고 찢고 발로 찼다. 정신을 차렸을 때 내 앞에 놓인 노트는 참담한 꼴이 되어 있었다. 내가 이런 짓을 했다는 게 믿기지 않았다. 결국 노트를 돌려주지 못하고 서랍에 숨겨 둘 수밖에 없었다.

다음 날 수아는 내내 울상이었다. 내가 말을 붙여도 잘 듣지 못했고, 무슨 일 있느냐고 해도 침울한 표정으로 고개만 저었다. 노트에 적혀 있는 글을 다른 아이들이 볼까 봐 걱정되었을 것이다. 하지만 노트를 다시 돌려주고 싶어도 이제는 그럴 수 없었다. 전날 밤 찢은 부분을 테이프로 다시 붙이고, 엑스표를 수정액으로 최대한 표가 안 나게 지우려고 애썼지만 도무지 흔적을 감출 수 없었다.

몇 주가 지난 뒤에야 수아와 영주는 새로운 노트를 샀다. 세 번째 비밀노트에는 자물쇠가 달려 있었다. 더 이상은 엿보는 것도 불가능해졌다는 걸 깨달았다. 차라리 마음이 편하기도 했다. 이제 노트를 몰래 보고 싶어서 안달하는 일도 없을 것이다. 하지만 예상과는 다르게 수아와 영주는 금세 자물쇠 채우는 것을 귀찮아했다.

그 뒤로도 비밀노트를 간혹 훔쳐보고는 했다. 비밀노트를 슬쩍 훔칠 때에는 가슴이 두근거렸지만 점차 요령이 생겼다. 그 뒤로도 내 이름은 종종 등장했지만 여전히 드라마의 엑스트라처럼 아주 작은 부분일 뿐이었다. 나는 처음 노트를 봤을 때처럼 흥분하거나 화내지 않았다. 대신 증거를 남기지 않으려는 숙련된 스파이처럼 조심스럽게 노트를 넘겨 본 다음 다시 수아의 가방 속에 넣어 두고는 했다.

여기까지 말하고는 수아의 얼굴을 살폈다. 수아는 두 번째 노트 표지 모서리의 구겨진 부분을 만지작거리다가 고개를 들고 말했다.

– 네가 가져갔을 거라고는 생각도 못 했어.

– 무슨 이야기를 하는지 너무 궁금했어. 혹시 내 이야기가 나오지는 않을까, 너에 대해서 나는 모르는 걸 영주만 알고 있지는 않

을까 궁금했어.

- 이거 잃어버렸을 때 기억나. 정말 종일 별별 생각을 다 하면서 초조해했어.

- 응. 그때 네 얼굴 기억나. 말해 주고 싶었는데 노트를 이렇게 만들어 버려서 어쩔 수가 없었어.

나는 힘들게 입을 떼었다.

- 미안해, 수아야.

수아는 한참 동안 비밀노트만 바라보더니 고개를 들고 나와 눈을 맞췄다.

- 전국체전에서 1등 하면 용서해 줄게.

내가 난감한 표정을 지으니까 수아가 그제서야 웃었다.

- 농담이야. 솔직히 좀 놀라기는 했지만 이미 지난 일인걸, 뭐. 그런데 네가 비밀노트를 궁금해한 줄은 몰랐어.

- 내가 비밀노트에 대해서 모른다고 생각했어?

- 알 수도 있다고 생각했어. 우린 늘 붙어 있었잖아. 그 전까지 서로 비밀이 없었고. 네가 소외감 느낀 것도 당연해. 그래도 잃어버린 그때를 생각하면 아직도 머리가 쭈뼛 서는 거 같아.

나는 뭐라고 대답해야 할지 몰랐다.

- 근데 말이야, 노트 보고 나서 기분이 어땠어?

- 노트를 봐.

수아는 검은색으로 엑스표가 그려진 쪽을 보더니 짐작이 간다는 듯이 고개를 끄덕였다.

– 사실은 고백할 게 하나 더 있어. 우리 중학교 때 이야기야.

차마 입이 떨어지지 않았지만 나에게는 해야 할 말이 남아 있었다. 게다가 방금 한 것보다 훨씬 더 힘들고 어려운 고백이었다. 하지만 지금 해야 했다. 나는 마음속으로 '타이밍'이라는 말을 다시 한 번 떠올렸다. 지금 하지 않으면 공은 바닥에 떨어지고 만다. 힘들어도 지금 말해야 한다. 중학교 2학년 때 우리에게 어떤 일이 있었는지.

– 고백할 게 또 있어? 오늘 뭐, 고백하는 날이야? 나눠서 하면 안 되는 거야?

수아가 억지로 웃어 보였다. 나도 미룰 수 있다면 미루고 싶었다. 나만의 비밀을 영원히 감춰 버릴 수도 있었다. 아니, 아예 고백해야 할 일이 없다면 얼마나 좋을까. 중학교 때의 일을 되돌릴 수만 있다면. 하지만 그건 불가능했고, 더는 혼자만 숨기고 있을 수는 없었다. 너무 무거워서 수아에게만은 털어놓고 싶었다. 나는 중학교 때의 일을 더듬기 시작했다.

3

미경이는 요즘 키가 더 큰 것 같더라.

얼마 전에는 배구부 코치가 와서 만나자고 했다더라고.

애들이 그러는데 배구부에 들어오라는 제안을 받았대. 미경이는

거절한 것 같지만.

하긴 미경이 성격에 스포츠라니, 좀 안 어울리지 않아?

— 그냥, 영주가

중학교에 가면서 우리는 모두 다른 반이 되었다.

나와 수아는 같은 학원을 다니면서 둘이 있는 시간이 늘었다. 수아와 영주는 중학교에서도 여전히 비밀노트를 주고받는 듯했지만 예전처럼 가까운 사이는 아니었다. 수아는 여전히 자주 영주 이야기를 했지만, 예전처럼 신나 보이지는 않았다.

2학년에 올라가면서 나는 영주와 같은 반이 되었다. 왜 수아가

아니라 영주일까 아쉬웠다. 나와 영주는 어차피 수아라는 연결 고리로 아슬아슬하게 이어져 있을 뿐이었다.

그즈음 나에게는 이런저런 변화가 많이 일어났다. 가장 큰 건 키의 변화였다. 중학교에 올라갔을 때 백칠십오 센티미터이던 내 키는 계속 자라고 있었다. 나보다 이십 센티미터가 작던 수아는 나와 함께 있으면 자기가 작아 보인다고 툴툴거리고는 했다.

어느 날 배구부 코치가 나를 설득했다. 키가 백구십 센티미터가 넘고 무뚝뚝한 인상의 남자 선생님으로, 큰 키 때문인지 어딘지 위압감이 느껴졌다. 다른 아이들이 나를 보면 저런 기분일지도 몰랐다. 코치가 스포츠 음료 캔을 내밀며 말했다.

– 너 배구해 볼 생각 없니?

– 생각해 본 적 없는데요.

– 너 같은 신체 조건을 찾기가 쉽지 않아. 한번 생각해 봐라. 배구부 들어오면 좋은 점이 많아.

– 좋은 점이 뭔데요?

과묵한 코치는 그제야 좋은 점이 뭔지 생각하는지 한참 뜸을 들였다.

– 배구를 할 수 있다는 거지.

나중에는 그게 정답이라고 생각했지만, 그때는 황당하기만 했다. 게다가 중학교 들어갈 때까지만 해도 내가 운동을 하리라고는 생각지도 못했다.

– 배구부에 들어가면 뭘 해야 하는데요?

- 매일 오후에 연습하고, 방학 때는 전지훈련도 가고 그래. 잘하면 체고로 진학할 수도 있어.

- 전 학원 다녀서 안 되겠는데요.

- 학원 다니는 것보다 배울 게 많을 거야. 고민되면 와서 훈련하는 거 구경해도 좋아.

코치는 그 말을 남기고 캔을 우그러뜨려 쓰레기통에 던져 넣고는 가 버렸다. 그때까지만 해도 운동부에 갈 일이 없을 거라고 생각했다.

내가 배구부 이야기를 하자, 수아가 흥분해서 말했다.

- 배구부 하면 멋있겠다! 네 큰 키 써먹을 데를 찾았네!

- 싫어, 나 운동 싫어해.

- 그치만 잘하잖아. 한번 해 봐. 멋있잖아.

수아가 그렇게 말한대도 나는 절대 체육관에 갈 일은 없을 줄 알았다. 수아와 학원도 가고 돌아오는 길에 컵라면도 사 먹으면서 지내는 일상이 좋았다.

2학년 무렵부터 영주와 수아 사이에 균열이 더욱 깊어졌다. 수아는 우리 반에 놀러 와서도 영주에게는 인사만 하고 나와 놀다가 갈 때가 많았다. 어느 날은 집에 가는 길에 영주 이야기를 하는 수아의 표정이 좋지 않았다. 나는 같은 반이라는 이유로 수아가 궁금해하는 영주의 근황을 전해 주고는 했다.

- 영주, 성적이 많이 떨어졌더라. 이번에는 반에서 십 등쯤 떨어

진 것 같아.

  – 개네들하고 노는 거 재밌나 보네. 요즘 학원도 안 다니는 것 같던데.

  수아가 말한 '개네들'은 영주가 같이 다니는 날라리들이었다. 나는 영주가 담임 선생님한테 반 분위기 흐린다고 찍혀서 지적받는다는 이야기를 해 주었다. 수아는 짐작이 간다는 듯이 고개를 끄덕였다.

  – 왜 그런 애들이랑 노는지 모르겠어.

  수아는 우울한 얼굴로 말했다.

  – 영주랑 있는 거 이제 좀 피곤해. 솔직히 처음부터 영주랑 노는 선 너랑 있는 것처럼 편하지 않았어. 비밀노트도 이제 그만 쓰고 싶어.

  비밀노트라는 말을 꺼내 놓고는 아차, 싶은 표정이었다.

  – 솔직히 너도 알지? 영주랑 비밀노트 쓰는 거?

  나는 고개를 끄덕였다. 집에 있는 비밀노트 한 권이 떠올랐다.

  – 그것도 어떻게 끝내야 할지 몰라서 계속 쓰는 거야. 개 이야기 들어주는 것도 지겹고, 피곤해.

  드디어 수아도 영주가 싫어진 걸까. 내심 반가웠지만 조심스럽게 말했다.

  – 그만 쓰자고 하면 안 되는 거야?

  – 그게, 쉽지가 않아. 영주가 초등학교 때보다 더 열심히 쓰거든. 나도 영주가 다른 친구들하고 놀면서 나한테는 흥미를 잃을 거라

고 생각했는데, 오히려 그 반대지 뭐야.

수아는 비밀노트를 꺼내서 나에게 보여 주었다. 단순한 디자인의 줄무늬 노트였다. 표지에는 'Bon Voyage!'라는 문구가 씌어 있었다. 나는 수아에게 노트를 받아서 조심스럽게 펼쳐 보았다. 초등학교를 졸업한 뒤에는 처음으로 읽는 비밀노트였다. 이걸 수아가 나에게 보여 주는 날이 올 줄 몰랐다. 둘만의 비밀의 세계를 밖에서 훔쳐보기만 하다가 불쑥 들어간 느낌이었다.

한눈에도 영주가 쓴 부분이 훨씬 많아 보였다. 얼핏 눈에 띄는 부분을 읽어 보니 자다가 수업 시간에 걸린 이야기가 나왔다. 나도 그날을 기억했다. 수학 시간이었는데, 영주는 담요까지 덮어쓰고 자다가 수학 선생님한테 걸렸다. 그런데도 졸음을 못 이겨 계속 엎드려 있었고, 그게 괘씸했던 수학 선생님은 결국 영주를 뒤로 내보내서 수업 내내 서 있게 했다. 거기서도 졸음을 못 이겨서 사물함 위에 팔꿈치를 올려놓고 조는 영주를 보고, 수학 선생님은 기가 막히다는 표정을 지었다.

앞뒤 글을 읽어 보니 영주는 전날 근호네 집에 가서 불안하게 잠을 잤고, 그 전에도 집에 가기 싫어서 동생이 있는 병원 간이 침대에서 잠을 잔 모양이었다. 비밀노트에서 엿보이는 영주의 삶은 꽤나 아슬아슬해 보였다.

> 언제 이렇게 너희와 멀어졌는지 모르겠어.
>
> 미경이는 나와 눈도 마주치지 않고,

너랑도 좀 거리가 생긴 것 같아.

— 외로워진 영주가

또 다른 날은 같이 학원에 가는데 수아의 표정이 심각했다. 수아는 무슨 일이냐고 묻는 나에게 비밀노트에서 영주가 쓴 부분을 보여 주었다. 지금 지내는 친구들하고 절교하겠다는 이야기, 그리고 우리가 다니는 학원에 같이 다니고 싶다는 이야기였다. 수아는 불편해도 영주를 받아 줄 생각인 모양이었다. 초등학교 때가 생각났다. 이제 겨우 둘이 되었는데 또다시 셋이 되려 하고 있었다. 나는 수아를 말렸다.

– 영주 친구들 본 적 있지? 걔네들 성격 장난 아니야. 걔네랑 절교하고 너한테 오면, 괜히 너한테 불똥이 튈 수도 있어.

– 어떡하지? 솔직히 나도 이제 영주랑 같이 있는 거 불편해.

– 영주가 한 이야기, 그냥 모르는 척하면 안 돼? 비밀노트 꼭 안 돌려줘도 되잖아.

– 차마 못 그러겠어. 차라리 비밀노트를 잃어버렸으면 좋겠어.

며칠 뒤 둘은 다시 어울리기로 했는지 학원 수업이 없는 날 버스 정류장 근처로 떡볶이를 먹으러 갔다. 나는 어쩔 수 없이 혼자 집에 갔다. 하필 장마철의 시작을 알리는 비가 내렸다. 일기예보에 없던 비라서 우산도 챙겨 오지 않았다. 흠뻑 젖은 채 혼자 정릉천을 걸어야 했다.

어느 날 복도에서 영주랑 친하게 지내던 혜지가 이야기하는 걸 들었다.

- 걔, 진짜 잘난 척 장난 아니야. 네가 좋아한다던 그 고등학생 오빠 있잖아. 그 오빠가 자기한테 사귀자고 했는데 귀찮아서 거절 했대. 얼마나 끈질기던지 아예 핸드폰 수신 거절을 해 버렸대. 완전 짜증 난다는 말투더라.

혜지와 이야기하는 건 영주랑 어울리는 아이들 중의 하나였다. 영주 뒷담화 중이라는 걸 직감적으로 알았다. 저 아이가 영주를 싫 어한다는 것도.

수아가 비밀노트를 그만두게 하는 법은 며칠이 지난 뒤 갑작스 럽게 떠올랐다. 미지막으로 영주의 가방에서 비밀노트를 빼냈다. 오랜만이어서 떨렸지만 아무도 나에게 주목하지 않았다. 처음에는 그 노트를 버릴 생각이었다. 아니면 감춰 둔 다른 노트처럼 아무도 볼 수 없도록 내 책상 서랍 깊숙이 넣어 두려고 했다. 노트를 가지 고 내 자리로 돌아가는데 지퍼가 반쯤 열려 입을 벌리고 있는 혜지 의 가방이 보였다. 나는 들고 있던 노트를 혜지의 가방에 넣어 버 렸다. 내 손은 아무도 못 알아챌 만큼, 심지어 나도 내가 무슨 짓을 한 건지 제대로 깨닫지 못할 만큼 빠르게 움직였다. 마치 숙련된 소매치기처럼 감쪽같고 뻔뻔했다. 자리로 돌아왔을 때는 가슴이 뛰고 얼굴이 화끈거렸다. 몸이 휘청거렸다. 소리라도 지르고 싶었 다. 빗물펌프장에 걸려 있던 그림을 떠올렸다. 내가 넘치는 물이 된 것 같은 기분이 들었다. 힘을 내! 다 휩쓸어 버려! 그동안 너를 얕

보고 외면한 것들한테 네 힘을 보여 줘! 누군가 이렇게 외치는 것 같았다.

아빠가 했던 말이 떠올랐다.

'물이 저렇게 무서운 거란다. 평소에는 소리 없이 흘러가다 갑자기 얼굴을 바꾸거든.'

분식집에서 너한테 물어본 거 말이야.

나를 미워한 적이 있느냐고.

솔직하게 대답해 줘서 고마워.

예전에 어느 책에서 봤는데,

사랑과 미움은 동전의 양면 같은 거래.

사랑하니까 미워할 수도 있다는 거지.

조금 어렵긴 하지만 대충은 알 것 같아.

제일 두려운 건 네가 날 미워하는 게 아니라

무관심해지는 거야. 스르르 멀어져 잊히는 거.

— 기억되고 싶은, 영주가

영주는 왕따를 당했다. 혜지를 비롯한 아이들은 생각보다 혹독했다. 아침마다 영주의 책상이 사라졌다. 운동장 한가운데 온갖 욕으로 도배되어 덩그러니 놓여 있는 책상을 영주 혼자서 옮겼다. 소문은 끊이지 않았다. 초등학교 때처럼 영주에 대한 소문이 만들어지고 변형되기를 반복했다.

영주가 사라지고 좀 시간이 흐른 뒤 교실에서 우연히 비밀노트를 보았다. 혜지의 가방에 들어갔던 그 노트는 급류에 휩쓸린 것처럼 곳곳이 찢어지고 더러워진 채 쓰레기통 옆에 나뒹굴고 있었다.

영주가 왕따당하는 모습을 볼 때마다 내 머릿속에 자꾸 펌프장에 걸려 있던 또 다른 그림이 떠올랐다. 물이 휩쓸고 지나간 뒤 사람들이 무너진 집을 바라보며 주저앉아 있었다. 그 사람들의 얼굴이 더러운 책상 앞에 서 있던 영주의 얼굴과 겹쳐졌다.

나는 영주가 가만 있지는 않을 거라고 생각했다. 같이 화내고 따지거나, 적어도 엄마에게 도움을 청할 거라고 생각했다. 하지만 영주는 담담하고 조용하게 자기 처지를 받아들였다. 혼자서 책상을 찾아서 들고 오고, 찢어진 교복 치마 대신 체육복 바지를 입고 수업을 들었다. 그 전까지 영주가 왕따인 걸 상상하기 힘들었지만, 그때의 영주는 영락없이 왕따처럼 보였다.

영주를 보는 게 괴로웠다. 그래서 교실에 있을 때 줄곧 엎드려 있었다. 다들 운동부라서 피곤해서 자는 거라고 생각했지만, 나는 자는 척할 뿐이었다. 눈으로 보지 않으면 귀로 들렸다. 영주를 욕하고 괴롭히는 소리가 들렸다. 그래서 이어폰을 끼고 시끄러운 음악을 듣기 시작했다. 한때는 귀가 아프고 갑갑해서 싫어했던 이어폰인데 그때만큼은 고마울 뿐이었다.

수아는 수아대로 학교에 있을 때는 도서실에 틀어박혀서 얼굴

보기가 힘들었다. 학원에서 만나면 영주의 근황을 묻고는 했다.

- 영주 요즘에 왕따당한다면서?

- 응, 혜지 패거리한테.

- 걔네한테 뭐 잘못했어? 아니면 절교 선언이라도 한 거야?

나는 차마 자세히 말하지 못했다.

학교를 배회하다가 우연히 체육관을 지나쳤다. 여자 배구부의 기합 소리가 들렸다. 소리를 따라 안으로 들어갔다. 연습이 한창이었다. 공의 움직임에 따라 선수들의 몸과 시선이 움직였다. 체육 시간에 하던 배구와는 차원이 달랐다. 그때 아이들은 공을 우르르 쫓아다녔다. 자기한테 공이 와도 무서워서 도망가 버려서 아이들끼리 엉켜 넘어지기도 했다. 하지만 선수들은 자기 역할을 분명히 아는 것 같았다. 네트로 넘어온 공을 일사분란하게 주고받다가 기회가 오면 누군가 강한 스파이크를 날렸다. 공이 네트 건너편 바닥에 세차게 꽂혔다. 나는 입을 벌리고 그 광경을 지켜보았다.

- 서미경 맞지?

코치가 나를 보고 알은체를 했다.

- 와서 해 봐.

- 아뇨, 그냥 지나가는 길에 들어와 본 건데요.

- 체육 시간에 했으니까 기본은 알 거 아니야. 한번 해 봐.

뭘 하라는 건지 모르는 채로 경기장 안으로 들어갔다. 그리고 어설프게 서 있다가 나에게 다가오는 공을 피해 버렸다. 코치가 소리

를 질렀다. 공을 받아야지! 코치가 지르는 소리에 따라 어설픈 몸
짓으로 코트를 뛰어다녔다. 십오 분 정도를 뛰었을 뿐인데 머릿속
이 하얘졌다. 몸은 굼뜨고, 체력은 부족했다. 땀을 흘리며 나오는
나에게 코치가 말했다.

- 뭘 그렇게 눈치를 봐?

코트를 향해 소리 지를 때보다 한결 누그러든 말투였다.

- 판단과 동시에 몸이 움직여야. 눈치 보는 사이에 공은 바닥
에 떨어지는 거야.

그날, 오랜만에 잠을 설치지 않고 깊게 잤다. 며칠 뒤 배구부에
들기로 했다.

코치는 항상 좀 더 욕심을 내라고, 악착같이 하라고 주문했다. 쭈
뼛거리지 말고, 동작을 확실히 하라고 했다. 나는 '세터'라는 포지
션을 맡았다. 화려하게 스파이크를 날리는 포지션은 아니었다. 하
지만 늘 중심에 서서 전체 게임을 조정하는 역할이었다. 마침 세터
를 맡았던 선배가 개인 사정으로 배구부를 그만둔 게 이유였지만,
코치는 내가 세터에 잘 맞을 거라고 장담했다.

배구할 때 가장 좋은 점은 아무 생각도 할 수 없다는 것이다. 오
로지 공의 움직임과 우리 편 선수들의 움직임에 집중해야 한다. 끊
임없이 긴장하고 공을 받아 내 상대편 코트로 내리꽂을 타이밍을
노려야 했다. 친구들 이야기, 학교생활 따위는 조금도 생각나지 않
았다. 종아리가 뻣뻣해지고 어깨가 빠질 것처럼 아플 때까지 연습

을 했다.

때로는 날아오는 공이 무서웠다. 그걸 받지 못하면 땅에 떨어지고 만다. 그러면 팀은 점수를 잃었다. 누군가 몸을 던져 받아 내면 다시 한 번 상대방의 네트에 공을 멋지게 꽂아 넣을 수 있는 기회가 생겼다. 세터는 그 기회를 만들어 내는 사람이었다. 연습을 거듭하자 공이 날아오면 몸이 자동적으로 움직이게 되었다. 오로지 공만을 생각했다. 주변은 사라지고, 공과 나만이 존재하는 느낌이었다. 그때만큼은 영주의 일을 잊을 수 있었다.

배구를 하면서 깨달은 건 딱히 화려하거나 중요한 포지션은 없다는 것이다. 겉으로 보이는 건 스파이크를 날리는 공격수들일지 몰라도, 막상 경기를 할 때는 각자의 몫이 중요했다. 하나라도 무너지면 경기 전체가 무너지는 법이었다. 코트 안에서는 더는 내 자리를 고민하지 않아도 되었다. 그게 좋았다. 수아, 영주와 함께 있을 때도 이렇게 누군가가 내 자리를 정해 주었다면 좋았을 거라고 때때로 생각했다.

언제부턴가 영주가 학교에 나오지 않았다. 종례 시간에 선생님의 말을 듣고 영주가 자퇴했다는 걸 알았다. 얼마 뒤 영주가 죽었다는 소문이 돌고, 수아가 나에게 영주네 집에 가 보자고 했다. 영주에 대한 일은 아무것도 떠올리고 싶지 않았다. 내가 한 일을 알고서도 수아가 계속 나와 친구로 남아 있을지도 자신이 없었다. 그래서 매몰차게 돌아섰다.

영주가 죽었다는 게 밝혀진 날, 나는 '동맥' '자살'을 동시에 검색해 보았다. 여러 개의 글이 떴다. 동맥은 생각보다 깊어서 그어서 죽는 건 쉽지 않다는 글이 많았다. 정말 죽고 싶은 사람들은 손목을 긋는 게 아니라 아파트에서 떨어질 거라는 의견도 있었다. 정말로 동맥을 끊어서 죽는 데 성공했다면, 엄청나게 괴로웠을 거라는 글도 있었다. 무엇이 영주에게 그렇게 괴로운 일까지 하도록 만들었을까.

그 뒤 우리는 변해 갔다. 나는 미친 듯이 배구에 몰두했다. 머릿속이 하얘질 때까지 코트를 뛰었다. 수아의 변화는 눈에 띌 정도는 아니었다. 변화가 적었다는 것이 아니다. 어딘가에 숨어 있었기 때문에 알아챌 기회가 없었다. 수아가 주로 숨어 있는 곳은 도서실이었다. 나는 가끔 도서실에 들러도 미란만 만나고 그냥 돌아오곤 했다.

– 수아는 좀 어때?

내가 물으면 미란이 건너편 책장을 턱으로 가리켰다. 고개를 박고 책을 읽고 있는 수아가 보였다. 수아는 아무도 보지 않는 두껍고 먼지 나는 책들 사이에 자신을 감추고 있었다. 항상 무엇인가에 대한 기대감으로 눈을 반짝이던 수아는 사라졌다.

수아는 자책하고 있었다. 나는 네 잘못이 아니라고 이야기해 주고 싶었지만, 그러려면 비밀노트 사건을 고백해야 했다. 나는 입을 다물었다. 내가 체육관에, 수아가 도서실에 있는 사이 우리 둘은 점점 멀어지고 말았다.

너희 집에 놀러 갔을 때 말이야, 우리 셋이 나란히 잘 때,

그때 정말 행복했어. 그리고 너희 둘이 너무 부러웠어.

한 건물에 살면서 늘 함께 있을 수 있다는 거.

다음 날 하남으로 가는 버스를 탔는데 눈물이 나더라고.

원래 눈물이 별로 없는데. 가는 내내 우울했어.

난 한 번도 그렇게 친한 친구가 옆에 있었던 적이 없어.

나한테 잘해 주던 아이들도 언젠가는 날 떠나.

너희 둘처럼 언제나 함께할 친구가 있으면 얼마나 좋을까.

가끔은 질투가 나.

수아 네가, 나한테 그런 친구가 되어 줬으면 좋겠어.

— 집이 멀어 슬픈 영주가

내 고백을 듣던 수아가 벤치에서 벌떡 일어났다. 수아의 무릎에 놓여 있던 비밀노트 두 권이 땅으로 떨어져 버렸다.

— 왜 그랬어? 왜 비밀노트를 혜지한테 줬어? 무슨 생각으로 그런 거야?

— 모르겠어. 내 마음을 어떻게 설명해야 할지 모르겠어. 네가 영주랑 있는 게 싫었어.

— 너도 영주랑 친했잖아.

— 아니야. 난 영주가 싫었어.

- 지금 나한테 이 이야기하는 이유가 뭐야? 영주를 만나게 될지도 모르니까? 이제야 미안해진 거야?

수아의 목소리가 떨렸다.

- 언젠가 이야기하려고 했어. 몇 번이나 이야기하려고 했는데 결국 못 했어. 영주가 사라지고 난 뒤에 우리 거의 못 만났잖아.

목소리가 기어들어 갔다. 무슨 말을 해도 변명에 불과했다.

수아가 사라진 뒤 우리는 서로에게 기대지 않았다. 수아와 있고 싶어서 영주에게 그런 짓을 했는데, 오히려 수아와 있을 수 없게 되어 버렸다. 나도 수아를 보는 게 힘들었다. 수아를 보면 영주가 떠올랐다. 나는 체육관으로, 수아는 도서실로 숨어들었다. 그즈음 우리 집이 다른 빗물펌프장으로 이사 가면서 만난 기회는 더욱 줄어들었다.

이 년 만에 이야기를 털어놓았다. 후련했지만 마음이 더 무거워지기도 했다. 그동안 한 번이라도 용기를 냈다면 수아와 나, 영주의 관계가 조금은 달라지지 않았을까. 나는 비겁하기만 했다. 내 몸은 위로 쉴 새 없이 자라났지만 마음은 더 천천히 그리고 헤매면서 자랐다.

수아는 흥분이 가라앉지 않는지 벤치 주변을 서성거렸다.

- 가야겠어.

수아는 가방을 둘러메고 걷기 시작했다. 나는 비밀노트를 챙겨 들고 그 뒤를 따랐다. 걸어가는 수아의 뒷모습을 보고 있으니 예전에 정릉천을 걷던 일이 생각났다. 그때처럼 거리를 두고 수아 뒤에서 걷는 수밖에 없었다.

그렇게 수아와 떨어져서 청계천을 향해 걸었다. 선크림이 가방 안에서 부딪히며 툭, 툭 소리가 났다. 십오 분쯤 걸었을까. 온몸이 땀으로 젖었다. 시계를 보니 벌써 두 시가 넘었다. 수아의 걸음도 느려졌다. 영영 돌아보지 않을 것 같던 수아가 뒤를 돌아 나를 보았다.

— 그렇게 계속 뒤에만 있을 거야?

나는 수아에게 다가갔다. 우리는 말이 없었다. 수아가 딱딱하게 굳은 얼굴로 말했다.

— 이제야 어떻게 된 건지 좀 알 것 같아.

수아의 얼굴은 땀에 젖어 번들거렸다. 나도 마찬가지였다. 우리는 속도를 늦추어 다시 걷기 시작했다.

— 영주와 단둘이 만난 마지막 날, 정류장 근처에 있는 분식집에 갔어. 그런데 갑자기 영주가 묻더라고. 자기를 미워한 적이 있느냐고.

— 그래서 뭐라고 대답했어?

— 있다고 했어. 가끔이지만, 분명히 있다고 했어.

수아가 영주에게 그렇게 말하는 모습이 상상되지 않았다.

— 너도 알잖아. 그때 난 영주랑 멀어지기를 바랐어. 그리고 사실 영주를 질투하기도 했어. 내가 하고 싶은 말은…….

수아가 혀로 마른 입술을 축이고 말을 이었다.

— 네 잘못만은 아니라는 거야. 나도 영주를 힘들게 만들었으니까.

수아가 침울한 얼굴로 말했다. 나는 고개를 저었다.

- 그래도 결정적인 원인을 제공한 건 나야. 영주가 왕따를 당한 것도 다 내 잘못이고. 그 뒤로 늘 죄책감을 느꼈어. 살아만 있다면 미안하다고 말하고 싶어. 그리고 네가 영주를 찾으러 하남에 갔을 때도 같이 갔어야 하는데. 그것도 오랫동안 후회했어.

수아가 나를 올려다보면서 뜬금없는 질문을 했다.

- 내가 가끔 네 경기 보러 가서 왜 인사도 안 하고 그냥 돌아왔는지 알아?

나는 고개를 저었다. 수아가 말했다.

- 영주네 집에 가 보자는 말 하려고 체육관에 갔던 날 말이야. 그날, 네 뒷모습을 보는데 그런 생각이 들더라고. 네 뒷모습 보는 게 처음인 것 같다고. 예전에 항상 네가 내 뒤에서 걸었잖아. 반걸음쯤. 그래서 앞으로는 내가 그렇게 해야 한다고 생각했지. 네 뒤에서 널 응원해 주고 싶다고.

예전 초등학교 때의 습관이 남았는지 다시 수아의 반걸음 뒤로 물러나서 걷고 있던 나를 발견했다. 앞으로 나가서 수아와 나란히 섰다. 수아가 내 얼굴을 보며 비로소 결심이 섰다는 듯이 말했다.

- 같이 가 보자! 영주한테. 아니, 일단은 영주를 닮은 사람한테.

나는 이 년 전처럼 돌아서지 않았다. 대신 크게 고개를 끄덕였다.

- 그래, 가 보자.

어느새 우리는 청계천의 중간 지점까지 와 있었다. 영주가 있는 곳까지 얼마 남지 않았다. 두 시 반, 아직 영주가 그곳에 있을 것이다. 우리를 보면 어떤 표정을 지을지 알 수 없지만, 일단 그런 걱정은 접어 두기로 했다.

우리는 나란히 서서 같은 방향으로 걷기 시작했다.

"너, 나 미워한 적 있어?"

누군가 나에게 '인생에서 가장 힘든 때'를 물었을 때 서슴없이 "열세 살!"이라고 답했다. 아직 많이 살아온 것은 아니지만 십 대 후반에는 입시 경쟁을, 이십 대에는 취업난을 겪었다. 그런데 그 경험을 제쳐 두고 초등학교 6학년 시절을 꼽은 것이다. 왜 그렇게 대답했을까. 스스로도 궁금해서 소설을 쓰기 시작했다.

학창 시절 혹독한 왕따라도 당한 모양이라고 생각할지도 모르겠다. 하지만 그런 경험은 없다. 반대로 왕따를 주도한 적도 없다. 굳이 고르자면 그 사이에서 애매한 표정을 짓고 있는 아이 가운데 하나였다. 나는 그리 튀는 아이가 아니었다. 나 때문에 전교가 떠들썩해진 적도 없고 화끈한 연애를 해 본 것도 아니고, 친구와 주먹다짐을 하면서 싸워 보지도 못했다.

사람들은 나처럼 평범한 여학생은 평화로운 학창 시절을 보냈을 거라고 생각한다. 다가오는 중간고사와 기말고사를 걱정하고, 회복의 기미가 보이지 않는 외모에 낙담하는 정도가 고민의 끝일 거라고 지레짐작한다.

하지만 나에게는 하루하루가 고통일 뿐이었다. 거의 하루도 빼놓지 않고 학교에 가기가 싫었고, 집에 오면 녹초가 되었다. 학교에서 '살아남는 것' 자체가 고단한 투쟁이었다. 나는 늘 친구들로부터 미움을 받을까 봐 두려워하는 소녀였다. 아이들과 잘 지내기 위해서 모든 에너지를 썼다. 내 감정을 감추고 다른 아이들의 기분을 맞춰 주기에 급급했다. 누군가를 싫어하거나 미워하는 마음이 생겨도 절대 드러내지 않았다. 아마도 나에게는 '착한 소녀 콤플렉스'가 있었던 모양이다.

소설 속 영주처럼, 나도 누군가에게 그 질문을 던져 본 적이 있다. "너, 나 미워한 적 있어?" 앞뒤 상황은 생각나지 않지만, 무척 좋아하는 친구와 맛있는 음식을 먹던 중이었다. 갑자기 왜 그 말이 튀어나왔는지 모르겠다. 우리의 완전무결한 우정을 확인하고 싶었던 걸지도 모르겠다.

하지만 친구의 대답은 "응……."이었다. 약간은 미안하지만 어쩔 수 없다는 듯이. 친구는 나를 미워한 적이 있다고 고백했다. 나는 비수에 찔린 것처럼 마음이 아팠다. 그리고 그 대답 때문인지 친구와 서서히 멀어지고 말았다.

미움은 자연스러운 감정이다. 분노, 질투, 외로움도 마찬가지다. 하지만 십 대 소녀들에게 때때로 이 감정은 숨겨야 할 대상이다. 진실은 불편하고 아프기 때문이다. 그래서 수아는 영주에 대한 질투를 끝까지 감추고, 미경도 영주에 대한 불만을 입 밖으로 드러내지 않는다. 오로지 영주만이 솔직하게 감정을 드러낸다. 그리고 남의 눈치를 보지 않는다는 이유로 아이들로부터 미움을 받는다. 예쁘다는 것도 영주 스스로에게는 전혀 도움이 되지 못하니, 어찌 보면 영주야말로 가장 행복하지 못한 아이다.

나는 세 명의 아이들에게 순서대로 감정이입을 했고, 모두가 가여웠다. 내가 만들어 냈지만 따로 불러서 한마디씩 충고해 주고 싶을 정도다. 무엇보다 나는 이 아이들이 좀 더 솔직해지기를 바란다. 수아는 영주의 직설적인 말투에 대놓고 불만을 드러내고, 영주도 왕따를 당하는 것에 수긍하지 말고 분노하기를 바란다. 미경은 수아와 나란히 서서 당당하게 걸었으면 좋겠다.

소설이 끝난 뒤 세 친구가 다시 만났을지는 모르겠다. 만약 만났어도, 예전과는 달라졌으리라 믿는다. 서로서로 성장시켰을 테니까 말이다.

첫 책이 청소년소설이 될 줄은 몰랐다. 나에게는 낯선 영역이었다. 하지만 이 책을 쓰면서 작가로서 조금은 성장한 기분이 든다. 기회를 준 도서출판 다른과 게으른 작가를 채찍질해 준 편집자에게 감사한다.

수아, 영주, 미경처럼 나를 성장시킨 것도 다양한 개성을 지닌 친구들이었다. 나와 친구가 되어 준 모든 이들에게, 이 책을 선물한다.

2015년 여름
김지숙